KB128614

흔들리는 마음을 어루만지는 서른다섯 송이의 위로

지친 날이면
꽃이 말을 걸어왔다

흔들리는 마음을 어루만지는 서른다섯 송이의 위로

지친 날이면 꽃이 말을 걸어왔다

초 판 1쇄 2024년 05월 21일

지은이 최은혜
펴낸이 류종렬

펴낸곳 미다스북스
본부장 임종익
편집장 이다경, 김가영
디자인 임인영, 윤가희
책임진행 안채원, 이예나, 김요섭, 임윤정

등록 2001년 3월 21일 제2001-000040호
주소 서울시 마포구 양화로 133 서교타워 711호
전화 02) 322-7802~3
팩스 02) 6007-1845
블로그 http://blog.naver.com/midasbooks
전자주소 midasbooks@hanmail.net
페이스북 https://www.facebook.com/midasbooks425
인스타그램 https://www.instagram/midasbooks

© 최은혜, 미다스북스 2024, *Printed in Korea*.

ISBN 979-11-6910-653-5 03810

값 **19,000원**

미다스북스는 다음세대에게 필요한 지혜와 교양을 생각합니다.

흔들리는 마음을 어루만지는 서른다섯 송이의 위로 ————————○

지친 날이면 꽃이 말을 걸어왔다

최은혜 지음

미다스북스

추천사

　그녀를 생각하면 떠오르는 장면이 있다. 사람들의 꽃 질문에 언제나 진심을 담아 답해주는 장면이다. 그녀가 건넨 건 비단 꽃지식만이 아니었다. 지친 하루를 달래주는 다정한 위로였다.

　그런 작가의 다정하고 프로페셔널한 꽃 처방전이 오롯이 한 권에 담겼다. 말보다 아름다운 위로가 필요한 어떤 날 펼쳐보기를. 이 책이 바삐 살아가는 많은 분들에게 따스한 처방전으로 가닿길 바란다.

* 가혜숙 (오래콘텐츠연구소 대표, 『감성 콘텐츠』 저자)

추천사

신비로운 책이다. 저자가 말하듯 쓴 글을 듣는 마음으로 읽었다. 책장을 넘길수록 나는 말하고 저자는 들어주는 것만 같았다. 인생의 봄엔 일기예보가 없다는 저자에게 온몸으로 폭설 맞던 시절마다 꽃의 위로가 있었다. 자신을 어떻게 피워냈는지 보여주는 저자. 꽃으로 바위는 막을 수 없지만 절망은 비껴갈 수 있다는 말이 뭉클하게 전해진다.

등급의 맨 끝을 뜻하는 '꼴등'은 알아도 맨 처음을 뜻하는 '꽃등'은 몰랐다. 받침 하나로 나뉘는 간격 사이 어디쯤 있는 당신이라면, 이 책을 권한다. 꽃이 모국어라는 저자는 꽃의 말로 위로를 건네며 받침 하나 내 편으로 고쳐 볼 수 있도록 구체적으로 안내해 준다. 꽃을 꽂듯 아름답게 꽂아 둔 글 속에서 저자가 건네는 꽃송이를 꼭 취하길 바란다. 이 책을 펴는 순간 이제 당신이 필 차례. 당신 자신에게 꽃등으로!

* 길화경 (『엄마의 문장』 저자)

추천사

그녀를 알고 지낸 몇 년 동안 목소리를 많이 듣지 못했다. 언제나 말하기보다 움직이는 모습이 익숙한 사람. 꽃으로 조용히 마음을 건네는 사람. 오랫동안 그녀의 책이 나오길 기다렸다. 힘 빠지는 날, 주눅 드는 날, 심란한 날. 일기예보처럼 오락가락하는 마음마다 꽃 처방전을 하나씩 꺼내본다. 그녀가 들려주는 꽃 이야기가 오늘의 마음을 다독인다.

* 이경애 (이경애 심리상담센터 대표, 『마음이 마음대로 안될 때』 저자)

추천사

글쓰기란 넘을 수 없는 벽에 문을 그린 후, 그 문을 여는 것이다.
―크리스티앙 보뱅

보뱅의 문장을 좋아한다. 내가 글쓰기 덕분에 삶의 긴 터널을 빠져나왔다면, 한꽃차이님은 글 이전에 꽃쓰기로 마음의 벽에 문을 그려냈다.

그녀가 수없이 그려낸 문과 나아간 길에 대한 이야기를 책으로 만날 수 있어서 더없이 기쁘다. 글을 펼치고 사탕을 조르는 아이처럼 그녀의 문장을 탐했다. 휘리릭 읽어낸 책을 덮고, 비가 내리는 밖으로 나섰다. 우산에 떨어지는 빗방울 소리에 합주하듯 한껏 생명력을 피워낸 꽃과 나무들을 오래 바라보고 향기를 맡았다. 한꽃차이님의 마음을 꾹꾹 눌러 담은 책 속 문장과 같은 시선으로 세상을 바라보고 싶었다. 마음의 공간을 한 뼘 넓히듯 한 자리에 오래 머물렀다.

『지친 날이면 꽃이 말을 걸어왔다』는 경단녀 육아맘에서 자신의 일을 스스로 만들어가는 플로리스트의 삶과 위로의 이야기다. 때로는 말보다 꽃을 통해 나만의 아픔처럼 느껴지는 고통을 위로 받을 때가 있다. 꽃을 아끼고 돌보다 보면 침묵 속에서도 내 맘을 다 아는 것처럼 안아주는 순간을 만난다.

우리는 살아가면서 수많은 위기를 경험한다. 마흔에 들어선 저자가 자신의 위기를 어떤 시선으로 바라보고 어떤 방법으로 긴 터널을 지나왔는지를 이 책에서 찾을 수 있다. 계절이 바뀌는 것이 자연의 순리이듯 꽃의 일생을 통해 삶의 순리를 수용하고 담담히 말하는 문장에서 나는 여러 번 하늘을 올려다보았다. 이 이야기는 단순히 꽃을 통한 위로만이 아니다. 오직 나만 경험하고 있는 것 같은 삶의 위기에서 흔들리는 마음을 단단하게 뿌리내리고 열매 맺는 과정의 기록이다.

글을 읽으며 삶을 성공과 실패로 재단하려는 습관을 멀리하고 나를 다정하게 바라보는 마음을 장착하였다. 사랑스러운 아이에게 일상의 안부를 묻듯 동네를 산책하며 눈에 보이는 꽃들에게 인사를 건네는 아름다운 습관이 생겼다. 한꽃차이님의 일상에 꽃이 있듯이 나의 일상에도 좋아하는 시간을 얼마나 더 넣을지를 고민하며, 소진되는 일들과 나 사이에 완충지대를 만들기로 했다. 책을 읽기만 했는데도 내 마음속에 꽃의 자리만큼 여유 공간이 생겼다. 내가 좋아하는 순간들이 뿌리내린 일상을 만들기 위한 준비가 완료되었다.

내가 위로받았듯, 한꽃차이님의 열매가 누군가에게 씨앗으로 전해져 그이의 삶에 단단히 뿌리 내리는 여정을 응원한다.

* 정윤진 (마음기록자 힐러진, 『공황장애가 시작되었습니다』 저자, 『월간 십육일』 공저자)

나아갈 수 있을까_줄기를 뻗을 때

Chapter 3

계속할 수 있을까_꽃을 피울 때

무엇을 나눌까_열매를 남길 때

프롤로그

말로 위로하는 일이 저만 어려운 건 아니겠지요. 마음을 따뜻이 덮어 주고 싶은데 제 말이 서걱거리는 여름 이불 같을까 봐 망설인 적이 많았습니다. 그저 곁에 있거나 들어 주거나 함께 우는 것이라면 얼마든지 할 수 있는 공감쟁이지만, 늘 그럴 수는 없잖아요.

소중한 사람들이 겨울을 만났을 때, 한마디 생각했다가도 아무래도 진심을 담지 못하는 것 같았습니다. 생각한 말을 큰 알약처럼 애써 삼키면 목에 걸린 듯 까슬했습니다. 몇 번이고 카톡을 썼다 지웠다 했지요.

사람이 위로가 안 되는 인생 터널도 길었습니다. 진심이 좋은 의도라는 출발점에서 시작해도 말이라는 필터를 어그러짐 없이 통과해 다른 이의 마음에 가닿는 게 어찌나 어렵던지요. 변형 이전의 진심만 남기려고 시간을 제법 들여 거르고 걸렀지만 복원이 쉽지 않았습니다. 불탄 문화재처럼 관계가 예전과 똑같을 수는 없었지요.

말로 위로할 수 있는 능력

말로 위로가 되는 상황

이 사분면에 끼어 제대로 주지도 받지도 못했습니다. 그렇게 마음 거주지가 도시 속 무인도일 때 사람 대신 꽃을 만났습니다. 말보다 아름다운 위로를 받았지요. 점차 마음이 싹을 틔우고 줄기를 뻗어 마음들과 이어지기 시작했습니다. 말에 서툰 저도 이제 마음을 나눌 수 있습니다. 꽃으로, 꽃 일로, 꽃이 스며든 말로.

하필 컴퓨터를 전공했습니다. 아니, 어떻게 그렇게 안 어울리는 과에 갔느냐는 말을 매번 듣네요. 사실 사범대에서 수학보다 컴퓨터가 합격하기 안전해 보여 골랐습니다. 그만큼 좋아하는 일을 생각 못 한 거죠. 적성에 안 맞아서 간신히 졸업했습니다. 과외와 학원 강사, 교생실습으로 지쳤을 때, 어른들에게 컴퓨터를 가르치는 아르바이트가 재미있길래 기업에 입사했습니다. 교육 담당자로 오래 일했고 30대는 대부분 육아로 보냈지요.

30대 후반에 꽃을 시작했습니다. 꽃집 아르바이트를 하고 싶어서요. 하지만 종일 근무와 나이 제한으로 아르바이트를 못 구한 덕분에 대신 꽃 수업을 하게 됐습니다. 숫자와 각도로 쉽게 가르치고, 자료를 수월히 만들 수 있었지요. 시간과 자본이 없어 꽃집 오픈은 엄두가 안 나다 보니 공간에 매이지 않고 어디든 가서 꽃을 나눌 수 있었습니다. 교육 담당자였기에 담당자의 마음을 읽을 수 있었습니다. 육아 경력이야 공감에 필수였죠. 인맥이 없어서 콘텐츠를 쌓다 보니 더 넓고 깊은 세상으로 연결됐고요.

그렇게 '없기 때문에'를 '없는 덕분에'로 바꿔 가기 시작했습니다. 꽃에게, 꽃을 닮은 사람들에게 받은 마음 덕분이었습니다. 3년쯤 지나고 보니 40여 곳에서 천여 명에게 수업을 했더라고요. 32개월 전, 최인아 책방에서 꽃 일을 할 수 있을지 모르겠다며 부끄러워했던 저는 제 꽃을 가득 들고 갔습니다. 꽃집 면접에 떨어졌던 강남역에서 잡지 인터뷰를 했고요. 젊은 날 살았어도 황량한 기억만 남아 있는 서울대입구역 근처에서 제일 예쁜 수업을 합니다. 장소마다 기억 복원은 되지 않아도 꽃 이불로 넉넉히 덮입니다. 마음이 꽃과 사람 사이로 이사 왔습니다.

"선생님은 꽃을 하시니 참 행복하겠어요. 어떻게 꽃 일을 하게 되셨어요?"
"좋아하는 것을 일로 하면 더 좋은가요, 덜 좋은가요?"

수강생에게 이런 질문을 자주 받습니다. 호기심이 반가워서 커피 한잔하며 이야기하고 싶었지만, 시간이 부족했습니다. 오지랖 최강인 제 수업은 시를 읽으며 시작하고 사진 찍는 법, 리본 묶는 법도 알려 주기 때문입니다. 인생 사진에 최선을 다하다 보니 메이크업까지 해 주기도 합니다. 그들의 마음에 꽃처럼 쥐여 주고 싶던 기다란 대답은 이 책에 담았습니다.

우리의 눈에는 꽃만 보이지만 사실 뿌리가 더 크게 존재하듯, 이 대답은 뿌리 끝자락에서부터 시작합니다. 제가 보여 주고픈 것은 지금의 열매가 아니거든요. 긴 겨울 아름다운 위로에 덮여 보이지 않게 뻗은 마음 뿌리, 햇빛이 막혀도 구불구불 돌아 다른 곳으로 뻗은 줄기입니다. 몽우리가 생기면 꽃이 피듯 마침내 나다운 일을 하게 됐지요. 은인이자 언어인 꽃을 통해 삶을 전하며 살아갑니다.

저는 집이 누구나 편하게 오는 곳이 될 때 행복한 사람입니다. 신혼 초 살았던 청파동 골목 15평 빌라에는 사람이 오지 않는 날이 드물었습니다. 백수 동생들의 쉼터였지요. 나중에 대강 세어 보니 그 좁은 곳에 백여 명이 다녀갔더라고요. 지금도 집에 누군가 오는 것을 좋아합니다.

당신에게도 이 책이 오랜 친구네 집처럼 느껴진다면 좋겠습니다. 그러면 '꽃'스러운 글로 소담히 포장한 인생 한 송이 건네고 싶어서 꽃을 곁에 두고 쓴 보람이 있겠습니다. 참고로, 저는 설거지하겠다고 하지 않고 편안히 앉아 있다 가면 더 좋아합니다.

비바람 부는 날은
그저 버티는 것도 자라는 거라고

1
다시 힘을 내고 싶을 때, 치자꽃
– 지금도 보고픈 첫사랑

창가 자리에 앉기 좋아했던 여고 시절, 열어 둔 창문 틈으로 낯선 향기가 불쑥 들어왔다.

'설마 꽃향기? 여기는 2층인데?'

수업이 얼른 끝나길 기다렸다. 계단을 후다닥 달려 내려갔다. 1층 화단, 더 짙어진 향기의 근원이 보였다. 바로 곁에 서지 못하고 두 걸음 정도 떨어진 곳에 멈췄다. 경이로움. 아름다움에 대한 경이로움이 생애 처음으로 나를 완전히 사로잡은 순간이었다. 고귀한 신분의 여인에게 첫눈에 반해 버린 평범한 남자, 마치 고전 영화 속 정지 장면처럼 나의 첫 꽃사랑은 그렇게 시작되었다.

깃 세운 유럽 귀족 드레스처럼 단정하고 도톰한 꽃잎. 웜 화이트 실크 빛깔의 신비로움. 매일 아침 누군가 대신 공들여 닦아 둔 구두처럼 광택 있고 반듯한 잎사귀까지. 무엇보다도 강렬한데 머리 아프지 않고, 말단

폐 세포까지 채우려는 사람처럼 깊이 들이마시게 되는 향은 매일 나를 화단으로 불렀다.

하나둘 꽃이 떨어지던 아쉬움까지 생생하다. 꽃을 따도 될까 며칠을 망설였다. 마지막 꽃이 지기 직전, 큰맘 먹고 가지에서 손바닥으로 조심스레 옮겼다. 다이어리에 끼우고 덮을 때면 숨을 훅 들이마셨다. 한 번씩 들여다보면 종이에 배어든 향이 반겨 주었다. 여름, 가을, 겨울날에도. 덕분에 자연스럽게 알게 되었다. 꽃이란 의미 있는 기다림이고 의심할 수 없는 약속이라는 것을.

대학생이 되어 시작한 서울에서의 첫봄. 지방보다 훨씬 볼거리도 즐거울 일도 많았지만, 4월이 되자 문득 뭔가 있어야 할 존재가 없다고 느꼈다. 치자나무였다. 캠퍼스에서도 서울 어디에서도 찾지 못해 봄이면 허전했다. 십여 년 후에야 꽃 시장에서 찾아냈다. 내 마음을 그대로 적은 픽이 꽂혀 있었다. '비교 불가 향기'.

사람에게 가장 오래 기억되는 감각은 후각이라고 한다. 그해 봄의 치자나무를 생각만 해도 코끝에 번호처럼 정확한 향기가 불쑥 파고든다. 잘 있을까, 지금도 있을까, 다시 볼 수 있을까. 누군가는 첫사랑을 떠올리며 할 만한 말을 읊조리곤 한다. 첫 꽃 사랑이 이토록 그리우니, 내 삶은 그 시절 끼워 둔 치자꽃 향기가 종이마다 은은히 배어든 책이라고 할 수 있지 않을까.

잊을 수 없는 처음. 지구를 몇 바퀴 돌아도 중력을 벗어날 수 없듯 그

지독한 이끌림이 결국 나를 꽃으로 불러들였다. 강렬한 기억은 긴 시간 과 깊은 고통을 버텨 내게 하는 힘이 있다. 감정이 난파선처럼 고꾸라지 는 날도, 아이를 낳아 처음 얼굴을 봤을 때를 생각하면 희미하게나마 미 소가 지어지듯이.

엄마들이 가장 부러워하는 말 중 TOP3를 꼽는다면 '저 혼자 여행 왔어 요.'가 꼭 포함되지 않을까? 나라면 어디 갈까, 생각해 보다가 마음의 비 상약을 하나 만들었다. 하루의 시간이 주어진다면 널 찾아가야지. 상상 만으로도 편안하게 설레는 익숙한 그리움 한 알. 처음이라는 성분은 강 력하다.

2
작은 기쁨을 삶에 들일 때, 제비꽃
– 너를 보려고 일부러 멀리 돌아다녔어

치자나무가 없어서 아쉽던 서울의 첫봄, 학교 캠퍼스에는 오래된 느낌
의 돌 건물이 많았다. 큰길보다 건물 사이 좁다란 길이 좋았다. 도서관과
법대 건물 사이, 두 명이 겨우 지나갈 만한 그 길에서 제비꽃을 발견했다.
나지막한 키에 귀여운 모습이 처음 보았는데도 방긋 웃으며 손 흔들어 주
는 다섯 살 아이 같았다. 걸음을 멈추고 '안녕.' 인사할 수밖에 없었다.

대개 귀여운 꽃은 노랑이나 분홍색이다. 저렇게 우아한 보라색을 하고
귀여울 수 있다니. 작다고 꼭 귀여운 건 아니니까, 오밀조밀한 모양과 숙
인 듯 안 숙인 듯 갸우뚱한 고개가 그 비법 같다. 그저 몇 송이, 몇 걸음
길이의 길이었지만 나만의 소중하고 비밀스러운 공간이었다. 빨간 머리
앤이 다이애나와 학교 갈 때 지나가던 제비꽃골짜기라고 이름 붙였다.

귀여움은 아름다움보다 친근한 매력이다. 마음을 열게 하고 다가가고
싶게 한다. 우아해지고 싶거나 경계하려는 마음을 내려놓을 때 가능한,
'나를 낮춤'이기도 하다. 아기는 볼수록 귀엽듯이, 귀여운 매력은 질리는
법 없이 빠져들고 웃게 만든다. 판다는 다른 능력이 없어서 귀여움이 무

기라는데, 푸바오의 인기를 보면 그 무기가 최고구나 싶다.

내 또래 엄마들은 귀엽다는 말을 들을 일이 잘 없다. 그래서 더욱, 순간순간 툭 튀어나오는 귀여운 느낌을 놓치지 않고 말해 주고 싶다. 꽃을 받을 일이 잘 없기에 꽃을 주고 싶듯, 말꽃을 건네본다. "예쁘세요." 하면 "아유, 아니에요." 하는 사람도 "귀여우세요.", "방금 참 귀여우셨어요." 하면 스스럼없이 웃어 준다. 그 미소가 꽃 선물을 받았을 때와 꽤 닮았다.

대부분 꽃은 눈에 띄는 한 가지 치트키를 갖고 있다. 색이 눈에 띄거나 키가 크거나 얼굴이 크거나 얼굴이 작아도 무리 지어 있거나. 제비꽃은 땅딸막한 높이에 조그만 보랏빛 얼굴을 하고 있어 그마저도 눈에 잘 띄지 않는다. 모르는 사람에게는.

하지만 제비꽃의 매력을 아는 사람은 봄마다 제비꽃을 발견하느라 금광을 찾는 인부처럼 즐겁다. '나를 생각해 주세요.'라는 제비꽃 꽃말 때문에 이타적으로 돌아보는 게 아니다. 한번 이 즐거움에 빠지면 동네 골목길마다 꿀단지 묻어 놓은 사람처럼 설레며 걷는다. 세밀화가 같은 눈을 가진 안도현 시인은 「제비꽃에 대하여」에서 이 비밀을 털어놓았다.

봄은 제비꽃을 아는 사람 앞으로는 그냥 가는 법이 없단다. 그 사람 앞에는
제비꽃 한 포기를 해마다 잊지 않고 피워 두고 가거든.

스무 살. 하루하루가 즐겁고 신나던 나이였다. 나이를 먹는 것조차 기대되던 시절. 하지만 3월에도 폭설이 내릴 수 있다. 세상의 봄에는 일기

예보가 있지만, 인생의 봄에는 일기예보가 없었다.

　지금도 자주 지나다니는 길에는 특별한 친구를 둔다. 캄캄한 골목길의 가로등처럼, 그 습관이 인생의 여러 어둠 속에서 나를 지켜 줄 줄은 더욱 몰랐다. 꽃으로 바위를 막을 수는 없지만, 절망은 비껴갈 수 있다.

3
사람이 위로가 안 될 때, 라일락
– 매일 집 앞에서 기다려 주던 벗

스물한 살 11월, 빚더미라는 쓰나미에 인생이 쓸려 갔다. 그 피폐한 자리에 예상할 수 없던 일들이 몇 년간 폭격처럼 쏟아졌다. 사람에게 하소연할 수도 없었고, 사람이 위로가 되지도 않았다. 후배들이 밥 사 달라고 할까 봐 여학생회관에 숨어 지냈다. 내가 왜 졸업 여행을 못 가는지 동기들은 몰랐다. 친구가 학교 앞으로 놀러 오면 선배에게 5천 원을 빌렸다.

돈 없이도 매일 만날 수 있는 친구가 있었다. 집 앞 라일락 나무였다. 존재감 없이 그늘 구석에 있었지만, 주위가 어두울수록 향기는 진하게 퍼졌다. 향이 강한 꽃은 대개 노크 없이 폐에 훅 들어오는데, 라일락 향기는 문을 열어 주길 기다리듯 조심스레 곁에 머문다. 비가 와도 연해지지 않고 더 촉촉해진다. 비 냄새와 가장 잘 어우러지는 향이기도 하다.

'햇빛 없을 라(曪)'라는 한자처럼 즐거움이 없던 시절이어서였을까. 부드러운 발음만 남기고 싶었을까. 나는 '락'이라는 글자를 빼고 '라일'이라고 불렀다. 라일이는 향기 손길을 살며시 내밀어 내 등을 토닥토닥 감싸줬다. 기다렸다며, 오늘도 잘 버텼다며. 향기를 들이마신다는 핑계로 한

번, 두 번 천천히 심호흡하며 어깨를 폈다. 남들처럼 키 큰 벚나무 아래서 활짝 웃는 사진은 없어도, 내겐 희미한 미소를 안겨 주는 내 키만 한 친구로 족했다.

마지막 꽃을 책 사이에 끼우고 이듬해 봄을 기다렸다. 조그만 꽃 하나하나가 모여 한 송이를 이루는 꽃 모양도 한 밤, 두 밤 쌓이면 봄이 온다고 말하는 듯했다. 상황은 봄이 될 기미가 보이지 않았지만, 된바람 부는 날도 봄을 품을 수 있었다.

애초에 사람의 눈에는 봄이 보이지 않는다. 봄을 보는 것은 꽃이고, 우리는 꽃을 통해 봄을 본다. 그러니 봄을 기다린다는 건 어쩌면 꽃을 기다린다는 것이다. 꽃을 지닌다는 것은 봄을 지니고 살아가는 것이다.

꽃은 졌어도 향기는 코끝을 맴돌았다. 내게 기다림과 소망이란, 머리에 애써 밀어 넣는 문자가 아니라 몸이 기억하는 약속이었다. 지구가 멸망하지 않는 한 꽃이 다시 필 것만은 분명했다. 그렇게 10년 같은 1년을 살아 내고 또 살아 내다 보니 이제 그 시절은 쌉싸름한 기억으로 남았다. '젊은 날의 추억'이라는 라일락 꽃말처럼.

치열함이 미덕인 세상이다. 하루라도 쉬어 가면 큰일 날 것처럼 부지런히들 달린다. 조금 천천히 가도 괜찮을까 싶은 날, 나무 친구는 말해 준다. 비바람 부는 날은 그저 버티는 것도 자라는 거라고. 향기는 비에 씻겨 내리지 않는다고.

나무를 친구로 두니 한 사람, 한 사람이 한 그루의 나무로 다가왔다.

세상에 다른 나무보다 나은 나무란 없듯, 나 역시 누구보다 낫다고 말할 수 없었다. 나무를 올려다보듯 사람도 낮은 곳에서 바라보니 새로웠다. 꽃이 화려하지 않아도 오래도록 피어 있기도 하고, 잎이 꽃보다 깊이 있게 물들기도 하고, 줄기가 수묵화처럼 고즈넉한 선을 그리기도 했다. 가까이서 들여다보면 비바람에 생긴 생채기 하나둘쯤 품고들 있었다. 쉽게 생긴 나이테란 없었다.

영 자라지 않는 것 같은 누군가가 있다면, 버티는 것만으로 대견한 겨울을 보내고 있다고 생각한다. 예전의 나처럼 말이다. "힘내."보다는 "나는 네가 그냥 참 좋아."라고, 나무 같은 소리나 넌지시 두고 오고 싶다. 하지 않으려는 표현이 또 있다. '나라면'이라는 말이다. 자칫 내가 너보다 낫다는 이야기가 될까 봐 조심스럽다. 그저 너도 나무, 나도 나무려니 한다.

특별한 친구를 인생길에 들인 지 20여 년이 지났다. 집 앞마다 친구들을 만들었다. 매번 친구는 달라지지만, 새로운 동네에 이사 가면 가장 먼저 찾는 꽃은 라일락이다. 봄이 아니어도 알 수 있다. 하늘거리는 하트 모양 잎에 줄기가 가느다랗다면 라일락이니까. 대개 지나다녀도 눈에 안 띌 만한 곳에 보물처럼 숨어 있다.

집 근처에서도 가장 나지막한 라일락 나무에게 정이 들었다. 이제는 일락이라고 이름 지었다. 매일의 기쁨. 라일이에게 하고픈 말을 일락이에게 했다. 두서없이 말해도 알 것 같았다.

"고마워. 매일 기다려 줘서."

지친 날이면 꽃이 말을 걸어왔다

"세상엔 좋은 게 딱 한 가지 있어. 그건 앞으로도 봄이 계속 온다는 사실이야." - 빨간 머리 앤

4
삶이 메마를 때, 수국
— 1.5초 고속 수분 충전

둘째는 소화 기능이 약한 아이였다. 모유를 먹는 둥 마는 둥 했다. 분유를 먹이면 1시간을 안고 등을 쓸어내려도 어김없이 토하곤 했다. 아무리 소화 잘된다는 분유도 소용없었다. 그러니 이유식을 잘 먹을 리가 없었다.

9개월쯤, 형에게 독감이 옮았는데 열이 내리지 않았다. 불덩이 같은 아이를 기저귀만 입힌 채로 안고 대학병원에서 발을 동동 굴렀다. 온갖 검사를 하고서야 알게 된 병은 이름부터 낯설었다. 가와사키. 면역력이 약해져서 생기는 병이라고 했다.

"이 병이 있는 아이 엄마들은 아이를 안 먹이더라고요."

담당 교수가 아이 잘 먹이는 건 마음만 먹으면 얼마든지 할 수 있는 일이라는 듯 말했다. 나는 아이 안 먹여서 아프게 한 철딱서니 없는 엄마라는 낙인이 찍혔다. '아이가 면역력이 약하니 사람 많은 곳에 가지 말 것'이라는 처방을 받았다.

낮 내내 안겨 있던 아이는 밤마다 여섯 번을 채워서 깼고, 낮잠은 알람처럼 15분 후면 일어났다. 아침이 오면 나는 잠을 잔 건지 안 잔 건지 알 수 없게 머리가 멍했다. 어딜 가고 싶다거나 누군가 만나고 싶다거나 하는 생각도 전혀 들지 않았다. 교수님의 처방전이 아니더라도, 내 외로움은 누군가를 만난다고 해소될 카테고리에 속하지 않았다. 오히려 더 커질 수도 있었다. 아니, 사람과 거리를 두고 싶었다. 겪어 보지 않은 다른 엄마에게 공감을 기대하면 안 된다는 사실을 따갑게 배웠다. 군대를 나왔다고 다 같은 추억이 있는 게 아니듯 탓할 일은 아니었다.

"아들만 둘이에요?"

마트 앞 건널목이나 소아과 건물 엘리베이터 앞에만 서 있어도 꼭 누군가 다가와서 이렇게 말하곤 했다. 하나 더 낳으라느니, 딸 없으면 나중에 어쩌려고 그러냐느니 하는 말은 그래도 양반이었다.

"공부도 안 하고 낳았나 봐요?"
"어머, 너 몇 살이니? 왜 이리 작니? 너희 엄마는 너를 안 먹이니?"
별말을 다 듣다 보니 누군가 다가오는 파장만 느껴져도 멀리 피했다가 다음 엘리베이터를 타곤 했다. 내가 너무 순둥하고 만만한 인상인 걸까? 가죽 재킷 깃 세워 입고 빨간 립스틱 바르고 징 잔뜩 박힌 가방이라도 들고 있어 볼까? 순도 100% 진지하게 고민하기도 했다.

친한 동네 엄마 한 명 없던 시절, 조경이랄 것도 없던 두 동짜리 아파트 화단에 의외로 수국이 있었다. 딱 내가 드나드는 입구 앞에만. 그리 크지도 색이 진하지도 않아서 아무도 눈길을 주지 않을 듯했다. 그때나 지금이나 존재감 없는 아이에게 끌리는 나는 희미한 꽃잎에 시선이 머무르는 1.5초 동안 행복한 추억을 고속 충전했다.

수국을 보면 몸은 이곳에 있어도 마음은 제주도 서귀포시 동홍동으로 날아갔다. 생의 가장 충만한 계절을 여러 번 보낸 곳. 그 동네 골목 여기저기 피어난 소박한 수국들이 떠올랐다. 눈길을 사로잡거나 무더기로 피어 있지도 않아도 반짝이던 시간과 수국은 세트로 묶여 있었다. 그렇게, 메마른 마음에 수국이 한 삽 한 삽 수로를 만들었다.

'물 수(水)'가 이름에 들어갈 만큼 수국은 물을 좋아한다. 꽃잎처럼 보이는 부분은 사실 꽃받침이다. 이곳으로도 물을 흡수하니 분무기로 자주 물을 뿌려 주면 보름 정도는 충분히 볼 수 있다. 아주 시들시들하다면 물속에 거꾸로 30분 정도 잠수시키면 싱싱해진다. 사람에게도 진한 채움의 시간이 필요하듯이.

주의할 점 첫 번째, 다른 꽃은 꽃잎에 물을 뿌리면 상한다. 수국만이 가진 사랑의 언어다. 두 번째, 물을 뿌리는 돌봄에 은근히 중독될지도 모른다. 처음에는 더 싱그러워 보이는 모습이 좋다가 반려 식물로 가꾸는 듯 정이 든다. 세상에 정드는 것만큼 무서운 것도 드물다. 세 번째, 깜빡하고 너무 오래 두면 수국 머리가 무거워져서 목이 꺾일 수도 있으니 욕조에 둔 아이처럼 잊지 않아야 한다.

"나 물 좋아해요! 물 많이 줘요!"라고 외치는 자기표현의 꽃, 수국. 내 곁에 딱 붙어서 떨어지지 않는 아이를 수국 닮은 아이라고 여기니 사랑스러웠다. 수국 한 송이 키운다 생각하고 칙칙 물 뿌리듯 자주 사랑을 표현했다. 이제는 아이가 나를 매일 꼭 안아 준다. 내 마음이 물방울 맺힌 꽃잎처럼 촉촉해진다.

"하나의 꽃잎, 또는 한 마리의 벌레가 도서실의 모든 책보다 많은 것을 간직하고 있다." - 헤르만 헤세

5

기억하고 싶을 때, 오니소갈룸

— 샤넬 가방보다 샤넬 플라워

"아이 엄마, 일 다녀요?"

엘리베이터 앞에서 마주친 할머니가 물었다. 회색 단발이 단정하게 어울리고 눈매가 또렷했다.

아무리 힘들어도 나는 운동복이나 홈웨어 바람으로는 쓰레기 버리러도 나가지 않았다. 옷만은 깔끔하게 내 마음에 들게 입었다. 엘리베이터 거울에 비친 내 모습에 한숨이 나오지는 않게. 누가 보느냐는 중요하지 않았다. 나마저 나를 아무렇게나 입힐 수 없다는 내 마지막 방어선이었다. 숫기 없는 딸일수록 어깨 펴고 다니라고 예쁘게 입혀 보내는 엄마 마음 같달까.

그날, 딱 무릎까지 오고 펀칭 디테일이 있는 까만 플레어스커트와 하얀 7부 레이스 블라우스를 입고 있었다. 스커트는 친한 동생이 준 것이었고 블라우스도 케이크 가격 정도였지만 신경 써서 입은 느낌은 있었다. 무슨 말을 하려는지는 모르겠지만 적어도 공격적인 태도는 아닌 것 같다고 느껴졌다. 그래도 일단 방어적으로 조그맣게 "아니요…." 했다.

"그런데 아이 둘 데리고 이렇게 예쁘게 입고 다녀요? 자기 관리가 정말 잘되는 분이네요!"

전혀 뜻밖의 말이었다. 마치 깜짝 고백을 받은 듯했다. "고맙습니다." 라고 대답했는지 기억이 나지 않을 만큼 그 말이 마음에 쿵 박혔다. 그동안 마음에 고이고 눌어붙은 배려 없는 말들이 싹 씻겨 내려갔다. 그래, 어떤 말을 마음에 남길지는 내가 정하는 거야. 나도 나중에 그분쯤의 나이가 되면 화이트 베이지 블랙으로 깔끔히 입어야지. 그리고 아기 엄마를 만나면 꼭 칭찬해 줘야지.

이런 다짐은 잊기 쉬운 게 사람이다. 진심 어린 칭찬에 감동하다가도 자존감 무너뜨리는 한마디가 마음을 훅 쓰러뜨린다. 반나절 만든 모래성을 파도가 한 번에 점령해 버렸을 때처럼 허무해진다. 그래서 적어 두고 붙여 두고 눈과 마음에 담으려 애를 쓴다. 또 하나의 무기를 만들었다. 꽃에 그 기억을 연결해 두기.

나 혼자 '샤넬 플라워'라고 부르는 꽃이 있다. 화이트와 블랙의 조화, 매끈하고 깔끔한 줄기, 오니소갈룸. 한 줄기씩 파는 이 우아한 꽃을 나는 별일 없어도 사 오곤 한다. 한 줄기만 꽂아도 고급스럽고 오래가기 때문이기도 하지만, 내 소중한 기억과 다짐을 떠올리기 위해서다.

말 선물을 건네는 단아한 할머니로 늙어 가고 싶다. 샤넬 가방보다 자

존감을 높이도록, 샤넬 가방보다 오래 남도록, 마음 가방에 자존감 조각
하나 쏙 넣어 주는 할머니. 특별히, 지쳐 보이는 아들 둘 엄마에게.

6
기회는 건너간 것 같을 때, 옐로우 라일락
– 나의 취직은 불가능했다

첫째를 임신하고 있을 때, 리본 공예와 포장 공예 강사 자격증을 땄다. 당시는 대부분의 백화점과 문화센터에 리본과 선물 포장 클래스가 있었다. 여유가 있어서 배운 게 아니었다. 백수 생활 동안 모아 둔 돈을 야금야금 갉아먹으면서 뭐 하고 살지 고민이 깊어지던 때였다.

나는 뭘 좋아하지? 뭘 잘하지? 뒤늦게 시작된 질문은 여고 시절까지 거슬러 올라갔다. 내 사물함에는 남들에게 없는 게 많았다. 포장지, 하드보드지, 양면테이프, 각종 종이, 48색 색연필…. 친구들은 그곳을 만물상이라고 불렀다. 조물조물 참 많이도 만들었다. 옆 반의 모르는 아이까지 포장을 부탁하기도 했다.

더는 하고 싶지 않은 일을 하며 하고 싶은 것을 미루고 싶지 않다는 생각에 선물 포장 클래스를 등록했다. 손으로 무언가 만드는 건 생각보다 훨씬 즐거웠다. 수업 날은 한 주 중 가장 기다리는 시간이 되었다. 처음부터 강사 자격증을 생각하진 않았지만, 신이 나서 하다 보니 마지막 단계까지 와 있었다.

아이를 키우고 나면 강사를 할 수 있을 줄 알았다. 막상 둘째를 어린이 집 보낼 때가 되어 눈을 돌리니, 세상이 변해 있었다. 리본과 선물 포장 클래스는 사라졌고, 일자리는 백화점이나 대형 서점 포장 코너뿐이었다. 아이들을 두고 최저 시급으로 9시부터 18시까지 근무할 수는 없었다. 그 동안 배운 게 다 쓸모없어진 건가, 나는 이제 무얼 하지? 한 계단은 올라 왔다고 생각했는데 다시 바닥이었다.

배워 두면 다 도움이 된다, 물론 맞는 말이다. 플로리스트가 된 지금, 꽃 포장도 다 종이와 리본을 다루는 일이기에 많이 다뤄 본 손이 어려워 하지 않는다. 몸이 배운 것은 다 기억한다는 말은 운동뿐 아니라 공예에 도 적용이 된다.

눈도 기억한다. 유광 알레르기랄까. 반짝거리는 포장지와 리본을 보면 등줄기에 두드러기 돋는 느낌이다. 고급 재료가 왜 고급인지, 어떤 재료 가 사진이 잘 나오는지 눈이 안다. 꽃 자재 파는 곳 외에도 재료를 구할 수 있고, 리본도 다양하게 묶는다.

그래도 말이다, '지나고 보니 도움이 되더라.'보다 '안 되면 어떠랴.'라 는 시작을 권하고 싶다. 선택하고 배웠던 것들이 다 도움이 되는 사람이 몇이나 될까? 그 시절의 나에게 의미 있고 생기 있는 시간을 주었다면 이 미 그것으로 충분하지 않을까. 나 역시 많은 공예를 배웠고, '나 이런 것 과 안 맞는구나.'라는 깨우침만 남기도 했다. 덕분에 꽃이 왜 잘 맞는지 알게 된 것도 이득이다. 뭐든 생각하기 나름이다.

꽃이라는 말이 단어 속에 쓰이면, 꽃단장, 꽃샘추위 등의 익숙한 표현 뿐 아니라 처음을 나타내는 데 사용되기도 한다. 꽃등은 '맨 처음'을 뜻하는 순우리말이다. 또 다른 의미도 있다. 감동적인 일의 절정, 소중한 것. 이제 막 피어나려고 꽃잎이 비치는 꽃망울이 어쩌면 가장 아름답듯, 시작이 감동적인 절정 그 자체일지도 모른다.

라일락은 놓치기 쉬운 봄꽃이다. 사람들의 시선이 노란 산수유에서 시작해서 벚꽃, 철쭉으로 옮겨 가는 동안 건너뛰게 된다. 발치에 보이는 민들레나 제비꽃과 달리 어느 구석에 조그맣게 피곤 한다. 무리 짓지도 눈에 띄지도 않는다.

어느 해 봄, 막 피려는 라일락을 기억해 두었다. 그런데 플로리스트에게는 극성수기인 어버이날을 바삐 보내고 가 보니 이미 져 버린 게 아닌가. 어찌나 아쉬웠던지 '미안해. 보고 싶었는데….' 하며 곁을 서성거렸다.

옐로우 라일락이라는 꽃이 있다. 라일락을 놓쳐서 아쉬운 마음을 달래 주듯 라일락 진 후 꽃 시장에 나온다. 썸머 라일락, 부들레아라고도 부른다. 채도 낮고 깊이 있는 노란빛이 골드 두 스푼, 로즈골드 한 스푼 넣은 듯 우아하다. 흔하지 않으면서 어디에나 어우러지고 따스함과 우아함까지 더해 주니 플로리스트에게 화룡점정처럼 반가운 컬러다. 위를 향하는 대부분의 꽃과 달리 늘어지는 모양이라 유니크하고 안정감을 더해 준다.

이렇게 튀지 않는 고급 포인트가 되는 꽃은 부피에 비해 가격이 비싸지만 있고 없고는 무척 다르다. 꽃을 배울 때 선생님이 시장에 있으면 무조건 사 온다고 하셨는데, 나 역시 어디에나 넣고 싶다. 화려한 꽃이 많은 꽃 시장에서 모르는 사람은 지나치기 쉽지만, 아는 사람에게는 기회처럼 잡고 싶은 꽃이다.

컬러와 모양, 이름까지 나지막한 목소리로 속삭이는 듯하다. 봄의 라일락만이 라일락은 아니라고, 인생의 여름에도 라일락은 핀다고. 어쩌면 더 나다운 기회로 다가와 내 눈에만 보일지도 모른다고 말이다.

7
성장이 가로막힐 때, 회양목
– 한 달 용돈 20만 원을 모으기 시작했다

연애 시절, 남편은 백화점에서 산 꽃다발을 선물해 주곤 했다. 아무것도 모르는 내가 보아도 동네 꽃집과 완전히 달랐다. 그때부터 조금씩 꽃을 배워 보고 싶어졌다. 하지만 내가 하는 일과 아무 관련이 없었고, 취미 생활을 하는 직장인이란 찾아보기 어려운 시절이었다.

둘째를 임신했을 때 구청에서 재료비만 내면 되는 꽃 강좌를 몇 달 들었다. 임신 기간 내내 몸이 힘들어 다른 건 엄두도 못 냈지만 꽃 수업만은 어떻게든 출석했다. 더 배우고 싶었지만 둘째가 태어났고 3년 가까이 데리고 있으면서 무언가 시작할 엄두가 나지 않았다.

어느 날, 아는 언니가 꽃을 배우고 있다고 했다. 어디서 배우면 좋은지 얼마나 돈이 드는지 궁금했던 터라 물어보았다. 최소 400만 원. 한 달에 20만 원을 남편 월급에서 내 용돈으로 떼어 두던 때였다. 400 나누기 20은 20. 내 물건은 안 사도 생일은 챙겨야 하니까 2년이 좀 넘게 걸릴 수도 있겠다, 싶었다. 그래도 일단은 내가 할 수 있는 것을 하자. 그렇게 모으기 시작한 나의 소망 자금은 의외로 빨리 쓰였고 생각보다 적은 금액으로 큰 보탬이 되었다.

어디에나 있지만 이름을 아는 사람은, 아니, 궁금해하는 사람은 거의 없는 나무가 있다. 바로 회양목이다. 그도 그럴 것이, 허리 높이보다 낮고 변화도 없으니 눈에 띄질 않는다. 사람들이 무심히 지나치는 세상의 온갖 사소한 것들을 소중히 길어 올려 문장으로 그려 내는 시인들조차 회양목으로 시를 쓰지 않았다. 아파트 화단과 길, 건물과 인도 사이에 주로 심어서 울타리 나무라고 불린다. 키가 작고 빨리 크지 않고 사철 푸른 잎이 빼곡하면서 튼튼해서 울타리로 제격이다.

비가 한 주 내내 오는 계절이면 많은 나무가 힘들어한다. 축 처지고 나무껍질이 벗겨지거나 이끼가 끼기도 한다. 아파트 화단 관리자처럼 구석구석 나무들의 변화를 살피는 나는 심방하듯 돌아보며 괜찮을까 안쓰럽다. 그런데 회양목은 끄떡없다. 다만 삐죽이 자란다. 그러면 나는 곧 싹둑 잘리겠구나, 싶어 혼자 마음이 불편하다. 네모난 모양을 유지하는 게 회양목의 본분이니까. 꽃말까지도 '참고 견뎌냄'이다.

육아만 하던 사람이 배움이나 일을 시작하려 하면 응원보다는 걱정을 먼저 만나게 된다. 내가 정해진 영역에 머물기를 바라는 말에 마음이 가로막히는 날이면 누구도 쑥쑥 크길 바라지 않는 회양목이 눈에 들어온다. 나는 주로 듣는 편인 사람이라 이 사람 저 사람 사이에 끼어 있는 날도 많다. 표면적으로는 너밖에 중재할 사람이 없다면서도 내 의견은 듣는 사람이 없어 답답할 때면 말을 걸고 싶어진다.

"너는… 괜찮니? 이렇게 매번 잘리는 게?"

양목이는 그저 빙긋이 웃는다. 스스로 알기 전에는 가슴 깊이 이해할 수 없다는 걸 아는 대선배 같다. 다른 나무는 크기로 세월을 짐작하고, 특별히 멋진 구석 없이 키만으로도 감탄을 받곤 하는데 시간의 길이조차 알 수 없는 양목 선배. 뻗어 나가는 게 가장 강인한 건 아니라고. 변함없는 것도, 응원 없이 자리를 지키는 것도 다른 묵직함이라고 말 없는 격려를 보내는 걸까.

어느 봄, 회양목에도 꽃이 핀다는 것을 알았을 때 기뻤다. 작은 폭죽처럼 귀여웠다. 둘만의 페스티벌처럼 뭉클 찌릿했다. 양목 선배가 옳았다. 아무도 핀 줄 모르는 그런 꽃이면 어때, 세상에는 튼튼한 울타리가 필요하고, 테두리가 있기에 그림이 있는걸.

지친 날이면 꽃이 말을 걸어왔다

"그냥 사는 것만으로는 충분하지 않습니다. 햇살, 자유, 작은 꽃이 있어야 합니다." - 안데르센

8
도전이 망설여질 때, 카네이션
– 손으로 피워내는 도전

아이 친구 엄마가 꽃을 배우고 있다고 했다. 덕분에 국비로 수업을 신청할 수 있다는 것을 알게 되었다. 다만 예산도 적고 화훼는 취업률이 낮아서 통과하기 어렵다고 했다. 어떻게 하면 확률을 높일까 고민하다가 국가 자격시험인 화훼장식기능사 필기에 도전했다. 시험까지 응시했다면 열심히 배우려는 의지가 있다고 판단하지 않을까 싶었다. 신청서도 자필에 정자체로 가득 채워 정성을 들였다.

필기시험은 어렵지 않았다. 다만 수강 가능한 과정을 찾기가 어려웠다. 대부분이 아이들이 돌아온 후인 오후 5~6시에 마쳤다. 거리도 가까워야 했다. 감사하게도 첫째 아이의 유치원과 둘째 아이의 어린이집 사이에 4시간 과정을 운영하는 꽃 학원이 있었다.

심사 기간은 담당자의 여름휴가까지 겹쳐 길고 길었다. 애써 찾은 수업 시작일도 아슬아슬했다. 마냥 기다리기만 하기에는 오랜 육아 후 생긴 시간이 아까워서 자비로 꽃다발, 꽃바구니 과정을 배웠다. 마침내 합격 통보를 받은 날, 대학 합격보다 기뻤다. 긴 육아 후 용기 낸 첫 도전이 이렇게 성공했다.

카네이션은 여러 꽃 사이에서 돋보이는 고급 꽃은 아니다. 하지만 가장 오래가는 꽃 중의 하나다. 카네이션을 3주 이상 볼 수 있는 방법이 있다. 아직 몽우리일 때 사 오면 서서히 핀다. 안 핀 상태에서 사면 피우기 어려운 꽃들도 있으니 모든 꽃에 적용할 수 있는 팁은 아니다.

더 중요한 건, 품질 좋은 카네이션을 사는 것이다. 재배지마다 차이가 크기 때문이다. 많은 사람이 꽃 얼굴이 작고 윤기 없는 데다 줄기가 가느다란 중국산 카네이션에 익숙해서, 좋은 카네이션을 더 많이 보여 주고 싶다. 국산도 좋지만, 최상급 콜롬비아 카네이션을 사면 얼굴이 크다. 꽃잎까지 단단하면서 줄기는 두 배가 길고 손가락만큼 굵다. 출하 전 처리 기술이 좋아서 오래가기도 한다.

수백 송이의 카네이션을 여기저기 보내는 어버이날, 사람들은 큰 차이를 못 느끼더라도 최상위 등급을 쓴다. 늘 좋은 것은 자식에게 준 부모님께 최고의 정성을 담아 드리고 싶어서다.

어버이날과 카네이션은 1907년, 미국의 안나라는 여성에게서 시작했다. 그녀는 시들 때 꽃잎이 안으로 오므라드는 모습에서 자식을 품는 어머니의 모습을 떠올렸다고 한다. 어머니를 기념하기 위해 사람들에게 흰 카네이션을 나눠 주고 어머니날 지정 캠페인을 벌여 입법화했다. 그 뒤 돌아가신 어머니에게는 흰 카네이션을, 살아 계신 어머니에게는 붉은 카네이션을 드리게 되었다.

카네이션은 컬러가 가장 다양한 꽃 중 하나이다. 염색으로 원하는 컬러를 만들기도 좋아서 어떤 작품에든 어울린다. 수업할 때, 나는 사람들이 한 번도 보지 못했을 우아한 빛깔의 카네이션을 가져가서 감탄을 끌어낸다.

"와…. 이게 카네이션이에요? 정말 고급스럽네요!"
"빈티지한 색은 처음 봐요! 꽃에 이런 색도 다 있군요!"
"짙은 와인색이 겨울에 어울리고 섹시하네요! 마음에 쏙 들어요."
"염색하니 결이 붓으로 그린 느낌이에요. 그림 같네요!"

이렇게 대한민국의 꽃 안목을 높이는 데 기여하고 싶은 작고 원대한 소망도 있다. 다이소조차도 비주얼과 퀄리티가 발전하는 덕에, 대부분의 영역에서 눈이 높아진다. 그런데 꽃은 유난히 느린 것 같아서 한 발짝 보태고 싶다. 눈높이가 높지 않으니 이 정도면 괜찮다고 하기보다 아직 경험해 보지 못했을 세계를 알려 주고 싶다.

바로 쓸 카네이션도 덜 핀 상태에서 사 오는데, 손으로 피워 낼 수 있기 때문이다. 조금 수고스럽더라도 더 오래 싱싱하다. 먼저 꽃잎과 줄기 사이의 말랑한 초록 컵 모양 꽃받침을 조물락조물락 만져 준다. 그다음 꽃잎을 중앙에서 아래로 쓸어내리듯 쓰다듬어 주면 발레리나 스커트처럼 활짝 피어난다.

이 보들보들한 손끝 마법을 알려 드리면 다들 신기해하고 행복해하는 모습도 즐겁다. 다른 꽃의 꽃잎은 만지기 조심스러운데, 만질 수 있다는 사실도 특별하다. 자식이 필요한 건 어떻게든 해내는 엄마 마음을 닮았다.

　조심할 점도 있다. 줄기가 튼튼하지만 툭 튀어나온 마디 부분은 자칫 뚝 부러질 수 있다. 마디는 더 치밀한 조직이라 물을 빨아올리기 어렵기 때문에 자를 때 마디를 피해서 잘라야 한다. 인생에도 마디가 생기는 시간이 있다. 더 오래가기 위해.

　정체된 듯한 시간을 보내고 있다면 마디 같은 시간이라고 생각해 보면 어떨까. 공백기 대신 마디기로 말이다. 도전, 성장, 결과, 인정, 응원 없이도 버틴 줄기는 무엇이라도 있는 줄기보다 강하다. 겉에서 보기에는 하나도 자라지 않은 듯할지도 모른다. 하지만 현미경으로 들여다보면 결코 진공이 아니다. 같은 1mm² 안에 수십 수백 배의 세포가 꿈틀거리고 있을 것이다. 튼튼한 마디를 만들었으니 이제 뻗어 보자. 손끝으로 피우는 카네이션처럼.

9
고마움을 기억할 때, 미니라스
— 5층 계단을 뛰어 올라가는 기쁨

아침마다 비상사태다. 꽃 학원의 위치는 첫째 아이의 유치원과 둘째 아이의 어린이집 사이에 있었다. 거리는 멀지 않지만 지나는 모든 길이 좁았고 막혔다. 두 아이를 준비시키려면 변수도 많았다. 엄마 껌딱지 둘째는 한참을 안아 줘야 선생님에게 갔다. 밥은 꼭 엄마랑 먹어야 한다는, 화성에도 없을 법한 주장을 했다. 충분히 사랑받으면 어린이집 잘 간다는 말은 육아서 속 이론일 뿐이었다.

30분 전에 도착하려고 6시부터 준비했다. 학원 주차 공간이 협소하기도 했지만, 학원에 배치된 책을 읽고 꽃을 미리 찬찬히 보기 위해서다. 매일 다른 고비를 거쳐 주차에 성공하면 심장이 쿵쾅쿵쾅 뛰기 시작한다. 얼른 가서 꽃도 보고 꽃 책도 읽어야지! 지하 주차장에서 4층까지 단숨에 뛰어갔다.

"그렇게 좋아? 늘 자기가 제일 행복해해."

함께 배우는 언니가 종종 하던 말이다. 꽃을 배우러 온 사람들이면 나 못지않게 꽃을 좋아하고 꽃 일을 하려는 열망이 있을 거라고 생각했는데, 아니었다. 나의 꽃 사랑이 유난스럽다는 걸 알게 됐다. 하지만 사람에 대한 따스한 배려만은 감탄하며 배웠다. 한 아이가 크려면 온 마을이 필요하다는 말이 있다. 한 어른이 크는 데도 많은 어른이 함께했다.

꽃 동기들은 앞다투어 수업마다 간식을 챙기고 남은 꽃들을 서로 가져가라며 챙겨 줬다. 자격증 연습을 위해 매일 모이고, 시험 대비를 위해 직접 만든 자료들도 아낌없이 나눴다. 매시간 남는 꽃은 내게 몰아주던 언니, 실기시험 날 1시간 거리인 우리 집까지 운전해 와서 나를 시험장에 데려다주고 기다려 준 언니, 집으로 초대해서 배운 것들을 알려 주던 언니, 아이들 하원 시간이 빠듯한 나를 위해 늘 먼저 가라며 뒷정리를 해 준 모두, 내 시간에 맞춰 수업 시간을 변경해 준 학원까지.

이때 만난 선생님도 롤 모델이 되었다. 해야 하는 만큼을 넘어 줄 수 있는 모든 것을 준다는 것이 어떤 것인지 배웠다. 꽃 하나를 꽂아도 방향마다 어떻게 달라 보이는지, 배치와 소품에 따라 분위기가 달라지는 이유는 무엇인지 구체적으로 알려 주셨다. 한 번의 수업당 2가지를 실습하게 해 주시는 날도 많았다. 국비 과정은 일반 과정보다 예산이 적으니 꽃이 적지만, 학원 구석구석을 다니며 남은 꽃들을 모아 오는 선생님 덕분에 다양한 고급 꽃들도 접할 수 있었다.

미니라스. 미니 글라디올러스라는 뜻의 이름인데, 백합의 미니어처 같은 꽃이다. 귀여우면서도 여리여리하고, 튀지 않으면서 고급스럽고 오래가서 지인들에게 종종 보낸다. 컬러도 연분홍, 자주, 보라가 섞여 있어

무난하다. 한 줄기에 여러 송이가 피는데, 반은 몽우리인 상태로 사 오면 모든 몽우리가 피어난다.

단, 시든 꽃은 쏙 뽑아 주어야 다음 꽃이 피고 더 오래간다. 서로 다른 방향으로 겹치지 않게 핀다. 한 줄기가 서로 배려하는 작은 친구들로 모인 듯한 꽃이다. 진 빚이 많아 갚을 것이 많은 나는 미니라스를 보면 고마운 사람들이 생각난다. 한 송이 꽃이 피기 위해 햇빛, 흙, 바람, 물, 온도 모든 게 필요하듯 많은 마음 덕분에 시작을 꿈꿀 수 있었다.

❋
꽃 수업에서 다 못 한 말
― 꽃 만지며 내 마음 어루만지기

수업할 때마다 꽃을 오래 보려면 어떻게 해야 하는지 알려 드렸어요.
하지만 이 말까지 다 하기에는 시간이 부족했죠. 꽃을 오래 보는 법은
내 마음을 돌보는 일과 닮아 있답니다.

Q : 햇볕 쬐어 주어야 하죠?

꽃은 절화와 분화로 나뉜답니다. 화분에 심은 꽃은 햇빛과 바람이 필요
하지만 잘린 꽃(절화)은 잘린 순간부터 노화가 시작되어요. 밭에 있는
상추를 팔기 위해 자르고 포장하면 냉장 보관해야 하는 것과 마찬가지
죠. 피부에 좋지 않은 것은 꽃에도 좋지 않다고 생각하면 기억하기 쉬
워요. 햇빛, 강한 바람, 더위, 추위, 히터 바람, 에어컨 바람, 과습, 건조
모두 피해야 해요.

사람도 상황과 시간이 지남에 따라 다른 사람이 될 수 있죠? MBTI가
같은 사람도 세밀하게는 모두 다르고요. 그런데 '같은 꽃이니까 똑같이
해 주면 되겠지.'라고 무심히 대할 때가 있더라고요. 왜 반응이 다를까
이상하게 생각하고요. 내 아이도 작년과 올해가 다르고, 나도 그런데

말이죠. 꽃도 사람처럼, 사람도 꽃처럼 대해 보면 어떨까요?

Q : 잎은 얼마만큼 떼 주어야 하나요?

꽃에 따라 취향에 따라 다르지만 보통 0~3개 남기고 다 제거해야 해요. 꽃을 다듬는 것을 '컨디셔닝'이라고 하죠. 최상의 컨디션이 지속(ing)되도록 해 주는 것으로 생각하면 된답니다. 제일 먼저 가지가 사방으로 뻗어 있다면 화병에 꽂을 수 있도록 적절히 잘라서 나누고 잎을 제거해 주어야 해요.

잎도 예쁜데 아깝다고 하시는 경우가 많답니다. 그 마음이 예뻐서 미소가 지어지지요. 하지만 잎이나 가시가 물에 잠겨 있으면 물이 상한답니다. 그러니 화병에 잠기는 부분은 다 제거해 주어야 해요. 한 줄기에서 빨아들이는 물을 잎과 꽃이 나눠 가지게 되니 잎이 많으면 꽃에 가는 물이 적어지고요.

수업 준비하기 위해 다듬는 잎과 가지는 5인 수업만 되어도 20L 쓰레기봉투를 가득 채운답니다. 그럴 때 저는 생각해요. '내 삶에서도 아까워도 없애야 할 게 있지 않을까?' 하고요. 더 중요한 것에 에너지를 보내기 위해서, 꽃 한 송이 오래 피게 하기 위해서요.

Q : 사선으로 자르는 이유는 뭐예요?

직각으로 자르면 줄기가 물을 빨아올릴 수 있는 면적이 동그란 원이 되죠. 사선으로 자르면 길쭉한 원이 되어서 면적이 훨씬 커진답니다. 단카라, 튤립, 히아신스처럼 줄기가 파 같은 재질인 꽃들은 예외! 직각으로 잘라 주세요. 사선으로 자르면 양파 껍질처럼 끝이 벗겨지면서 돌돌 말리거든요.

수국처럼 물을 좋아하는 아이, 단단한 나무줄기는 물을 많이 빨아올릴 수 있도록 최대한 뾰족한 사선으로 잘라 주세요. 특히 나무는 줄기 끝을 반으로 갈라 주면 좋답니다.

상황을 바꾸거나 더 많은 에너지를 쏟기 어려울 때, 꽃 자르는 방법을 떠올려 주세요. 어쩌면 아주 어렵지 않게 내가 에너지를 더 공급받을 방법이 있지 않을까요? 같은 꽃도 자르는 방향만으로도 물을 더 머금을 수 있듯이요.

Q : 어디에다 두면 좋나요?

선선하고 햇빛이 들지 않는 곳에 두면 좋아요. 특히 내일 줄 꽃다발은 춥지 않고 햇빛이 들지 않는 현관이나 베란다를 추천해요. 잘린 상추처럼, 잘린 꽃이 좋아하는 온도는 냉장고 온도라고 기억하면 쉽답니다. 꽃마다 적절한 온도가 다 다르지만 보통 5~15도예요. 실내에서는 유지하기 어려운 온도지요. 그러니 꽃 시장이나 꽃 냉장고가 있는 꽃집이 아닌 곳에서 꽃을 사면 얼마 못 볼 확률이 높아요. 꽃 시장에 입고될 수 있는 등급이 못 되는 꽃이거나 제대로 다듬어지지도 보관되지도 않았을 수 있으니까요.

가장 온도에 예민한 꽃은 튤립과 작약이에요. 조금만 따뜻하면 금방 피고 시원하면 훨씬 오래간답니다. 튤립은 대가 튼튼하고 곧은 것을, 작약은 몽우리가 살짝 피려고 하는 것을 사면 좀 더 오래 볼 수 있어요.

겹 튤립과 겹 작약은 꽃잎이 조금 덜 벌어지고요.

처음 꽃다발을 배우면 힘 조절도 어렵고 꽃을 오래 손에 쥐고 있다 보니 줄기가 따뜻해지는 경우가 많아요. 그래서 플로리스트들은 빠르게 작업해야 한답니다. 찬물에 손을 담근 후 작업하기도 하고, 꽃을 싣고 오는 차 안이나 작업실에서 난방을 안 켜기도 해요. 사랑에도 적당한 거리가 필요하다는 말, 너무 오래 잡고 있으면 안 된다는 말. 꽃 작업하며 생각난답니다.

Q : 화병은 씻어야 하나요?

아무리 줄기를 깨끗이 다듬고 매일 새 물을 갈아 주어도 화병이 더럽다면 물이 깨끗할 수 없겠지요. 열심히 하는데도 잘 안된다면 무언가 근본적인 이유가 있지 않을까, 생각하게 될 때 저는 안 씻어 둔 화병을 떠올려요.

Q : 물은 많이 넣어 줄수록 좋은 거죠?

역시 꽃마다 다르답니다. 일반적으로 줄기가 단단한 꽃은 물을 많이 넣어도 괜찮아요. 하지만 줄기가 약하거나 솜털이 있는 종류는 물을 적게 넣고 자주 갈아 주는 게 좋아요. 약하면 잘 물러지고 솜털이 있으면 박테리아가 잘 생기거든요. 아무리 좋은 것도 사람에 따라 받아들이는 양이 다르듯이요.

매일 갈아 주는 게 좋아요. 덥지 않고 절화보존제를 넣었다면 이틀에 한 번도 괜찮답니다. 갈아 줄 때마다 줄기를 조금씩(1~2mm) 잘라 주세요. 물을 빨아올리는 곳은 물러지기 쉽거든요. 처음에는 상당히 귀찮고 보통 일이 아니네 싶을 수 있어요. 하지만 한번 해 보면 훨씬 싱싱하게 오래가니 계속하게 될 거예요. 물을 갈아 주는 시간이 꽃을 더 가까이서 보고 매일 만져 보게 되는 시간이 되고요. 꽃이 인테리어 소품이 아니라 친구가, 가족이 되는 순간이죠.

반려 식물이나 동물을 키워 본 분이라면 알 거예요. 매일 챙겨야 해도 그 이상의 기쁨이 있다는 것을요. 생명이니까요. 매일 살펴보고 산책시키고 돌보는 그 루틴이 나를 살아 있게 하고 건강하게 하기도 하죠. 엄마들은 가족을 돌보기 위해 자신의 건강을 유지하고요. 그게 바로 돌봄의 역설이랍니다. 우리에게는 매일의 사랑이 필요해요. 우리 자신을 돌보는 데 익숙지 않은 우리는, 다른 생명을 돌보면서 우리를 돌보게 된답니다.

지친 날이면 꽃이 말을 걸어왔다

✤

작은 도움을 주고픈 마음

– 이제 막 시작하려는 그대에게

1) 목록과 예산 미리 적어 두기

부족함을 메우려 이것저것 자격증을 따고 배우면 끝이 없다. 마치 마트에 달걀 하나 사러 갔을 뿐인데 이것저것 세일 품목을 담다 보면 쉽게 10만 원이 되듯 말이다. 강의 쇼핑은 마트 쇼핑만큼이나 예산을 뛰어넘기 쉽다. 마트에서 살 것만 사려면 쇼핑 목록을 미리 적어 가는 게 도움이 되듯, 배울 것 목록과 순위, 예상 수업료를 미리 적어 두어야 한다. '냉동실에 넣어 두면 좋을 것'이 아니라 '오늘내일 먹을 것'을 사야 버리는 것이 없듯, '배워 두면 좋은 것'이 아니라 '지금 내게 명확히 필요한 것'을 배워야 한다. 연별 또는 분기별 예산을 정해 두거나 소득의 일정 부분을 떼어 두는 것도 좋다.

나의 배움 계획

● 예산 :

● 가능한 시간 :

배우고 싶은 것			
예산			
필요 기간/주기			
필요한 시간			
갖춰야 할 조건			
활용 가능한 때 (즉시, 연습 후)			
다른 대안			
우선순위			
시작 시기			
마무리 시기			
기억할 점			

만약 내가 나중에 강사로 활동하고 싶은 분야라면 독학을 추천하고 싶다. 좀 더 오래 걸리고 쉽지 않겠지만 분명 구체적으로 가르칠 수 있는 것과 모은 자료, 해 줄 수 있는 말이 더 많아진다.

2) 내게 있는 것부터 파악하고 활용하기

장을 볼 때 냉장고에 뭐가 있는지 보다가 '이런 게 있었네.' 싶었거나 없는 줄 알고 사 왔는데 비슷한 게 이미 있었던 경험, 많이들 있을 것이다. 냉파만으로 몇 끼 먹을 수 있듯, 나라는 사람 냉장고 안에도 분명 활용할 것이 많다. 이것을 깨닫기 쉽지 않다면, 3가지로 분류해 보는 방법을 추천한다.

- 과거 – 나의 전공, 배움, 지금까지의 환경, 경력, 경험
- 현재 – 지금 하는 일, 취향, 가족 구성, 사는 곳, 나이
- 미래 – 나의 목표

내가 갖추기 어려운 것도 알아야 한다. 맛있는 밀키트를 사 왔는데 에어프라이어로 요리해야 맛있다는 걸 뒤늦게 알게 됐을 때, 우리 집에 에어프라이어가 없다면 제대로 맛을 내기 어렵듯이 말이다. 예전에 떡 케이크 만들기를 여러 회차 배웠는데, 식품을 판매하려면 오프라인 공간이 있어야 합법이라는 사실을 몰랐다.

그러니 배우기 전에 꼭 확인해야 한다. 활용하기 위해 갖춰야 할 것이 있는지, 내가 그것을 갖출 수 있는지 말이다. 실습이나 연습이 많이 필요한데 상대가 있어야 한다든지, 공간이나 비싼 기구가 필요하다든지 등의 이유로 혼자 할 수 없는 분야라면 실습을 지원해 주는 곳인지도 확인해야 한다. 나는 배우고 싶은 게 있어도 오프라인 공간이 필요한 일, 오후나 주말에 시간 내야 하는 일, 종일 해야 하는 일은 아이들이 좀 더 큰 후로 미루고 있다.

3) 조언과 경험 쌓기

아직 장단기 목표가 뚜렷하지 않은 경우 내게 지금 필요한 것인지 판단하기 쉽지 않은데, 주변에 물어보는 것도 좋다. 먼저 배워 본 사람에게 어떤 점이 도움 됐는지 물어볼 수도 있다. 다만, 물건도 사서 쓰고 있는

사람은 웬만하면 추천하듯 강의를 배운 사람 또한 대부분 좋은 말만 할 수도 있다.

그러니 객관적으로 이야기해 달라고 하는 게 좋다. 내가 하려는 일을 어느 정도 이해하고 있거나 비슷한 분야에서 앞서 있고 더 오래 한 사람도 나를 객관적으로 볼 수 있는 거울이 된다. 나 역시 그런 사람들이 추천하거나 말려 줘서 뒤돌아보니 고마웠던 경험이 있다.

사실, 대부분의 사람이 배움에 푹 빠졌을 때는 말려도 배운다. 그 시기도 거쳐 볼 만한 과정이라고 생각한다. 책에 처음 빠지기 시작하면 마구 읽는 시기를 거치듯 배움도 그렇다. 양이 쌓이면 경험으로 인한 판단이 늘기 마련이다. 나 역시 다독의 시기를 오래 거치다가 이제는 한 권을 읽어도 완전히 되새김질하고 꼭 적용하고 있다. 그러니 우왕좌왕 결과물이 안 남는 듯하더라도 필터를 만들고 있다고 생각하면 괜찮다.

4) 시간과 에너지를 확보하기

야심 차게 사 온 식자재인데 손질할 시간을 놓쳐서 버려 본 적이 있는지? 배우는 것 역시 돈뿐 아니라 시간과 노력도 필요하다. 여러 가지를 한꺼번에 배우려 하면 에너지가 분산되어 완전히 흡수하기가 쉽지 않다. 내 것으로 만들고 적용하는 시간 없이 바로 다음 배움으로 가면 정작 나의 진정한 성장은 더뎌질 수도 있다.

대부분의 배움은 바로 똑같이 해도 성과가 나기보다는 나에게 맞게 소화한 다음에야 나다운 열매를 맺기 마련이다. 단톡방이 여럿 만들어지면 잘 따라가거나 집중하기가 어려워지기도 한다. 물론 일반적인 시간과 에너지를 가진 사람을 대상으로 하는 이야기다.

5) 1학년 마인드 장착하기

처음에는 누구나 1학년이다. 학생일 때처럼 온라인 세상에서도 월반은 드문 일이다. 다들 1학년에서부터 시작해서 시간과 노력으로 한 학년씩 올라간다. 왕초보로 커뮤니티나 프로젝트에 속하게 되면 나 빼고모두 대단해 보이게 마련이다. 그렇다면 거기가 바로 당신이 있어야할 곳이다!

내가 초라해 보이는 건 나만의 생각일 뿐이다. 사실은 용기 내서 시작한 사람을 보면 뭐라도 도와주고 응원하고 싶은 사람들이 많다. 부담스러워할까 봐 먼저 손 내밀지 못할 뿐이다. 강의도 하고 커뮤니티를 운영하기도 하는 지금은 하나라도 더 실천하려 하고 질문하는 사람이 있으면 무척 반갑다. 당장 알려 주겠다며 오프라인에서 만나기도 한다.

그러니 마음껏 묻고 도움도 청하며 1학년 막내둥이의 특권을 누리자.빠르게 성장할 것이다. 모임에 가서도 내가 하고 싶은 일, 하고 있는 일을 말해 보자. 말을 하면 기회가 생긴다. 기회에는 많은 사람이 아니라단 한 사람이 필요하기 때문이다. 누군가는 그 일을 해내는 방법에 실질적인 조언을 해 주거나 그런 일을 해낸 사람을 알려 주거나 연결해줄 수 있다. 협업해서 더 유니크해질 수도 있다. 나의 축적이 연결로 이어진다. 더 성장한 사람에게는 배우고 비슷한 사람과 연대하자.

지친 날이면 꽃을 걸어왔다

나아갈 수 있을까_줄기를 뻗을 때

구불구불한 줄기는 햇빛을 찾아간
여정의 기록, 직선이 가질 수 없는
스토리를 담는다

1
징검다리가 필요할 때, 찔레꽃
– 학원에서 알려 주지 않은 것들

처음 꽃을 배울 때는 꽃으로 돈을 버는 방법이 꽃집뿐인 줄 알았다. 일을 익히기 위해 꽃집아르바이트생을 꼭 해야 한다고 생각했다. '그 정도야 할 수 있겠지.'라는 내 생각이 현실의 벽을 발견하는 데는 얼마 걸리지 않았다.

우선은 대부분 근무 시간이 9시부터 저녁까지였다. 주말 포함도 많았고 거리도 가깝지 않았다. 많은 돈을 받는 것도 아닌데 아이들을 맡아 줄 사람도 없는 나는 지원서를 낼 곳조차 거의 없었다. 게다가 대부분의 꽃집 사장이 젊다 보니 본인보다 어린 나이의 경력자를 원했다. 4학년을 코앞에 둔 나는 마음이 바빠졌다. 창업 반에서 이론으로 배운 것과 무척 달랐다.

학원에서 취업을 연계해 주는 경우가 있었지만, 당연히 시간이 자유로운 수강생에게 기회가 주어졌다. 나의 도전은 결국 또 실패하는 걸까, 현실을 모른 무모함의 대가일까? 배우기만 하고 일은 하지 못하는 사람이라는 자괴감에 눌렸다.

배움과 일 사이 그 간극은 '혼란해'라는 바다 같다. 경험해 본 사람만 아는, 태평양에 나침반 없이 나룻배를 띄운 막막함이 넘실댄다. 이 바다를 먼저 건너간 선배들의 책도 읽고 강의도 들어 보지만, 나의 삐걱거리는 배에는 그들에게 탑재된 기능이 없다. 집에 있어야 하는 시간이라는 밧줄이 달려 있어 멀리 나갈 수도 없다. 이 얕은 바닷가에는 물고기도 안 보인다. 유지비도 안 나오고 마음만 흔드는 배를 이제 그만 조용히 거둬들일까 싶어진다.

벚꽃이 떨어져 아쉬운 봄과 장미가 피는 여름 사이, 그때가 찔레꽃이 피는 시기이다. 꽃 모양도 크기도 꽃잎 두께도 벚꽃과 장미의 중간쯤이다. '벚꽃이랑 장미를 섞어 주세요.'라고 주문 제작한 작품 같다. 또 하나의 요청 사항, '향이 초여름 더위를 잊을 만큼 짙게 해 주세요.'도 제대로 반영되어 있다. 장미보다 가는 줄기라서 여리여리해 보이지만 단단하고 가시가 촘촘하다. 나지막해서 눈에 띄지 않지만 매년 반드시 그리고 꽤 오래 피어 있다.

그해 길고 길었던 봄과 여름, 그 조그만 찔레나무가 있는 모퉁이를 아이 학원 데려다주느라 매주 지나갔다. 처음에는 무심히 보았다. 이제 졌겠지, 싶으면 다음 주에도 그다음 주에도 여전했다. 어느 날, 신호등을 기다리는 동안 찔레와 눈이 딱 마주쳤다. 초면이 아니라 한마디 할 만도 한데 찔레는 그저 잠잠히 날 바라보았다. 곧 초록 불. 결국 내가 먼저 말했다.

"그래 버텨 보자! 나도 너처럼 오래 피어 있어 볼게. 너도 다음 주에도 피어 있어 줘."

찔레 동지가 되어 누구나 겪었을 이 시기를 나도 묵묵히 지나가 보기로 했다. 찔레의 꽃말, '고독', '자매간의 우애'처럼.

눈길을 확 끄는 꽃들이 피고 지는 사이에 누가 보지 않아도 틈새를 메우는 꽃들이 있다. 이런 꽃들을 알릴 때 기쁘다. 유명하지 않아도 멋진 나의 친구를 소개하듯 하나하나 이름과 매력을 정성스레 문장에 담아 본다. 주목받지 않아도 자리를 지키는 대부분의 사람 같은 꽃들. 그들이 내마음의 징검다리가 되어 줬듯, 당신도 그 손을 잡아 보기를.

2
비교하는 마음이 생길 때, 겹 캄파눌라
- 그 가을 최인아 책방에서의 자기소개

"아…. 저는… 꽃을 배우긴 했는데요, 꽃 일을 할 수 있을지는 모르겠고요…."

얼굴이 확 붉어지는 게 느껴졌다. 이게 뭐람, 나 뭐라고 한 거지? 보이고 싶지 않은 소지품을 많은 사람 앞에서 떨어트려 또르르 사람들 발 사이로 굴러다니는 듯 부끄러웠다. 하필 초반에 하는 바람에 준비 없이 나온 자기소개였다. 얼른 주워 담고 싶었다. 이어지는 소개를 들으니 붉어진 얼굴이 화끈거렸다. '그런 말 하지 말걸. 그냥 아들 둘 엄마라고만 할걸.'

평일 오전 모임이니 다들 주부일 거라는 생각은 나의 착각이었다. 의사, 약사, 변리사, 교사, 방송작가…. 전문직 엄마들 사이에서 나는 마른 꽃잎처럼 쪼그라들었다. 오래 데리고 있던 둘째를 어린이집에 보내고 적응시키고 어렵게 마음먹은 첫 자리였다. 잠시 휴직하고 있을 뿐인 당당한 엄마들을 만나니 아무도 한마디 하지 않았는데 자존감이 오래된 드라이플라워처럼 바스러졌다.

그런데 참 신기한 일이다. 시간이 갈수록 이야기하길 잘했다고 생각하게 되었다. 나의 스마트스토어, 첫 플라워 클래스, 브런치, 사진, 학부모 수업, 모든 인맥과 도전이 이곳에서부터 시작했다.

스마트스토어를 하고 싶어도 사업자등록증부터 내야 하는 줄 알고 망설이고 있었는데, 스토어를 준비하는 지인 덕분에 없어도 시작할 수 있다는 것을 알게 되었다. 생각지도 못했던 정보였다. 이 정보가 아니었다면 나의 스마트스토어 시작은 한없이 느려졌을 터였다.

모임에서 친해진 N 님이 클래스를 한번 해 달라고 했다. 둘이서야 얼마든지, 하고 가볍게 그러자고 했다. 사교성 좋고 당당한 N 님은 사람들에게 같이 하자고 했고, 열댓 명이 함께 하는 나의 첫 클래스가 되었다. 한명 한 명 꽃과 부자재를 직접 골라서 자신만의 작품을 만들게 하기도 했지만, 가장 공들여 준비했던 건 나만의 꽃 이야기였다. 이때 남긴 사진과 스토리, 그리고 자신감은 다른 클래스를 도전하는 데 큰 자산이 되었다.

Y 님은 내 꽃 이야기가 좋았다고, 동네 엄마와 아이들을 데리고 올 테니 다시 들려달라 했다. 예약한 일정 얼마 전에 코로나가 시작되어 아쉽게도 클래스는 하지 못했지만, 지금도 꿈 메이트이자 열렬한 응원군이다. 목표와 하고 있는 일들을 정기적으로 공유하고 구체적인 조언을 아끼지 않는다. 온라인 세상 입사 동기인 우리는, 서로의 처음을 또렷이 기억하기에 "우리 정말 많이 컸다. 잘해 왔다."라고 마음을 토닥인다.

브런치는 아주 특별한 글쓰기 재능이 있는 사람들만 합격하는 줄 알았다. 방송작가를 오래한 한 언니는 처음으로 알게 된 브런치 작가였다. 그 정도 전문성은 있어야 한다고 생각했다. 그런데 내가 쓴 글을 읽는 시간, 언니가 눈물을 글썽이며 말했다. 글 너무 좋다고, 이런 글 네가 안 드러 내면 누가 쓰게 되니까 그 전에 얼른 브런치 도전하라고. 그냥 건네는 칭 찬이 아닌 진심이 느껴져서 용기가 났다.

카메라를 구입하고 사진을 시작하고 싶었지만 어떤 기종을 골라야 할 지 막막했다. 모임에서 A 님은 재능 기부로 사진에 대해 알려 줬다. 추천 해 준 브랜드에서 가장 저렴하고 가벼운 것으로 골랐다. 그러지 않았으 면 헤매고 망설이다 아주 늦어졌을 도전이었다.

J 님은 가족 클래스를 신청했다. 함께 꽃 시장에서 꽃을 고르고 우리 집에서 꽃바구니와 꽃다발을 만들었다. 아빠가 꽃다발에 정성을 쏟는 동 안, 미니 꽃바구니를 만든 다섯 살 딸은 소파에서 잠이 들었다. 원주에서 서울까지 아침 일찍 왔으니 피곤할 만했다. 지금도 소파를 보면 한 번씩 그 조그만 등이 떠올라서 먼 길 와 준 마음에 뭉클하고 고마워진다. 누가 이렇게 특별하고 아담한 가족 수업을 해 보았을까. J 님은 첫 학부모 수 업에 연결 고리가 되어 주기도 했다. J 님처럼 정 많은 학부모회 위원들 에게 챙김을 받으며 즐겁게 수업했던 추억 또한 잊지 못할 말랑함이다.

K 님은 잊지 않고 몬스테라 수경 재배 키트를 주문해 주었다. 그걸 보 고 산 K 님의 친구 R 님은 늘 나의 정기 클래스에 오는 평생회원 중 한 명이 되었다. 글이 잘 써지지 않을 때면 R 님의 커다란 눈을 떠올리곤 한 다. 내 말을 마음 다해 들어주느라 거의 깜빡이지도 않는 새까만 눈동자 에서 잠시 쉰다. 내 글을 닮았다며 보내 준 드라마 속 예쁜 문장들도 다 시 읽어 본다.

이렇게 나열하고 보니 알파벳 종합 선물 세트 같다. 괜히 왔나 후회하며 시작했던 모임에서 이토록 많은 감사한 인연을 만나다니. 이렇게 수많은 등 떠밂으로 혼자서는 엄두를 내지 못했을 여러 첫 싹을 밀어 올릴 수 있었다.

그 가을, 벽돌 건물을 둘러 오르는 담쟁이가 짙어질수록 우리도 깊어졌다. 남의 눈에는 보이는데 내게는 안 보이는 매력을 한 겹 한 겹 서로 발견해 주었다. 전문직에 아이들이 잘 크면 고민이 없을 거라는 나의 편견도 깨어졌다. 겉으로 보기엔 잘 쌓아 올린 탑 같았는데, 가까이서 보니 탑 속에 숨겨둔 우물 같은 고민을 품고 있었다. 그간의 시간을 돌아보는 마지막 날, 한마디만 해도 다들 눈물보가 펑 터졌다.

이렇게 구매한 카메라로 처음 담아 본 꽃이 캄파눌라였다. '상냥한 사랑', '따뜻한 사랑', '만족', '감사'라는 꽃말이 그 가을을 생각나게 했다. 손톱만 한 크기, 너무 진하지도 연하지도 않은 보랏빛으로 귀여움과 우아함을 동시에 갖춘 꽃이다. 봄에 화분을 사러 가면 노랑 노랑한 꽃들 사이에서 은근히 돋보인다.

꽃잎이 겹겹이 많은 겹 캄파눌라가 좀 더 시선을 잡지만 단아한 홑 캄파눌라를 좋아하는 사람들도 있다. 꽃에도 유행이 있어서, 어느 해는 홑 캄파눌라가 더 인기 있기도 하다. 많은 꽃에 겹꽃과 홑꽃이 있다. 70~80%의 사람들은 자주 보지 못한 겹꽃의 화려함에 신기해하고 감탄한다. 하지만 수수한 듯 단아한 홑꽃을 선호하는 사람들도 있다.

꽃에 우열이 없듯 사람도 저마다 매력과 장점이 다를 뿐이다. 많은 사람이 '눈으로 보이는 아름다움을 그대로 담고 싶어서' 사진을 잘 찍고 싶어 한다. 그 마음 그대로, 내 눈과 마음이 나의 매력을 있는 그대로 바라보면 어떨까. 비교만 하지 않으면 된다.

Chapter 2

▲

3
목표가 멀어 보일 때, 에키놉시스
– 면접 보러 갔는데 나를 부른 줄도 몰랐다

"제가 오라고 했다고요?"

두 달째 꽃집 아르바이트 도전 중이던 어느 날, 면접 보러 오라는 연락을 받았다. 집에서 멀지 않고 근무 시간도 맞는, 어렵게 발견한 곳이었다. 두근거리는 마음으로 갔는데 사장님의 말이 당황스러웠다. 시간과 장소가 명시된 문자를 보여 드리면서 기운이 쪽 빠졌다.

당황스럽던 현장에서 집으로 돌아오면서 나는 한 걸음 한 걸음 내디딜 때마다 희한하게 자꾸 신이 났다. 아니, 면접 떨어진 사람이 이렇게 기분 좋을 일인가 살짝 당황스러울 만큼.

그날은 수능 날이었다. 강남역에는 수능을 마친 학생들이 많아지고 있었다. 그들을 보면서 그동안의 삶을 되짚어 보니 '지극히 주관적으로 그다지 나쁘지 않네.' 싶었다. 아니, 이룬 것 없어도 이만하면 나름 괜찮다는 생각이 들었다. 그것도 아니지, 나를 기다리고 있는 세 남자가 있는데 이룬 게 없기는 뭐 없어. 제일 소중한 걸 이뤘잖아?

수능 친 날 나는 몰랐다. 오랜 세월 후의 수능 날 내가 이런 하루를 보낼 줄은. 그 사실이 꽤 즐거웠다. 다음 해, 다음다음 해 11월은 어떤 일이 있을까? 분명 오늘의 내가 생각지도 못한 무언가로 한 해가 채워졌을 거야. 아, 마구 보고 싶다, 나의 세 남자. 발걸음이 폴짝거리고 있었다.

지금 생각하면 그때 취직이 되지 않아서 다행이다. 나의 실력이 아직 꽃집에서 원활히 근무할 정도가 아니었다. 얼마 뒤 생각지 못한 이사를 하게 되기도 했다. 아이가 초등학교에 입학하자 방학이 길어져서 꽃집 근무는 더욱 멀어졌다.

내게는 조그만 믿음이 있다. 당시엔 간절했어도 내 것이 되지 않은 건 시간이 지나면 반드시 이유가 있다고(아직 이유를 발견하지 못한 건 천국 가서 물어봐야지 하고 마음 편히 덮어 둔다). 내가 실력이 생기면 더 좋은 기회가 오게 되어 있다고.

에키놉시스. 푸르딩딩한 밤송이 같은 꽃이다. 멋지고 독특한 것 같긴 한데 저걸 어디에다 어떻게 쓰지 싶어서 초보자는 선뜻 사지 않게 된다. 입에 착 붙지 않는 이름처럼 어렵다. 까슬거리고 가시도 있다.

이제는 이 꽃을 자유롭게 컬러 조합해서 쓸 수 있게 되었다. 익숙하지 않은 꽃과 컬러를 쓰는 계정과 사진을 수천 장 보고 또 보고, 실패하면서도 사 보면서 도전한 결과다. 그런 꽃들이 하나하나 늘고 있다. 그럴 때마다 나를 셀프 칭찬해 준다. 에키놉시스의 꽃말은 동심. 나도 자유자재로 어려운 꽃을 쓰고 싶다는 처음 소망을 생각나게 해 주는 사랑스러운 단어다.

지친 날이면 꽃이 말을 걸어왔다

4
자존감이 하락세를 보일 때, 남천 나무
– 불합격 메일에서 위로를 받다

우선 지원해 주셔서 고맙습니다. 그런데 죄송하게도 저희 오후 시간인 2시, 3~7시, 8시 타임이 필요하고요. 때론 더 이른 오전부터 풀 타임으로 부를 수도 있고 경우에 따라서는 가게 오픈도 해야 해서 아무래도 우리 가게에선 조금 곤란하겠네요.
그래도 참고로 시즌 때 도움이 필요하거나 할 때면 기억하겠습니다. 그리고 댁네에 항상 건강과 행복이 함께하길 빕니다.

집에서 멀지 않은 꽃집에 지원하고 받은 답 메일이었다. 시간은 안 맞았지만 혹시나 해서 지원서를 보냈고 큰 기대는 없었다. 답이 온 것부터가 놀라웠지만 이렇게 길게 오다니. 시간이 안 맞는다고 짤막하게 표현할 수도 있는데 구체적으로 알려 주신 배려도 감동이었다.

늦은 시간에 긴 답 메일 주셔서 감사합니다. 경력이 전혀 없는데 위로와 격려의 말씀 주시니 힘이 납니다.

그냥 읽고 넘기실 수도 있는데 이렇게 세심히 답해 주시는 마음을 갖고 계시니 오래 꽃집을 하실 수 있구나 하고 배우게 됩니다. 번창하시고 좋은 일 가득하길 바라겠습니다. 감사합니다.

그런데 또 메일이 왔다.

에구구 아주아주 긍정적인 사고의 ○○○ 님이시군요. 기억하고 있을게요. 항상 행운과 행복이 가득한 가정되길 기도드립니다~^^

내게 도움이 될 사람, 또 볼 사람에게 친절한 사람은 많다. 한겨울 눈 속에서 꽃을 본 듯한 놀라움은 그렇지 않은 관계에서 나온다. 어떤 인간 관계 책보다도 깊은 울림을 주는 작은 사건이었다. '그 정도까지 하지 않아도 되는 친절'을 배운 대로 실천할 날을 기다리고 싶어졌다. 몇 년 뒤 우연히 그 꽃집 앞을 지나가게 되었다. 사장님 같은 분이 주문을 받고 계셨다. 속으로 천천히, 한 글자 한 글자 꾹꾹 눌러 말했다. '고맙습니다. 정말, 감사했어요.'

일을 찾아 고군분투하던 그 시절, 첫 꽃 일은 메일이 아닌 사람에게서 시작되었다. 웨딩&파티 플라워 클래스를 함께 배운 언니가 있었다. 언니는 케이터링 일을 오래 했는데, 큰 행사가 있어서 플라워 데코가 많이 필요할 때 내게 맡겨 주었다. 경력이 없는 나를 '전문가'라고 부르며 잘 꽂은 꽃이 조금만 있어도 칭찬을 아끼지 않았다.

행사 플라워 데코는 늘 시간이 빠듯하고 신경을 바짝 써야 하는 현장이었다. 대부분 한두 시간 전에 행사장을 열어 주는데, 사람들은 30여 분 전부터 오기 시작하니 일할 수 있는 시간이 짧았다. 꽃도 많고 공간도 크다 보니 뛰어다니며 데코 하고 쫓기다시피 나오면 사진 찍을 시간조차 없었다. 사전 준비는 행사장 옆 좁은 구석 한 평에서 바쁘게 이루어졌다. 갑자기 테이블이 추가된다거나 하는 요청 사항에도 대비해 두어야 했다.

미리 사 두고 작업하는 데 한계가 있는 게 꽃이라 쉽지 않다고 느꼈지만, 가까이서 함께 일해 보니 음식 준비는 더 고된 일이었다. 신선도와 온기가 중요하니 밤샘과 끼니 거르기가 일상이었다. 행사 내내 세심히 현장을 돌아보며 부족함이 없도록 해야 했고, 행사 후 정리도 어마어마했다. 그 일들을 언니는 정말 좋아서 했다.

"좋은 걸 어떡해, 좋으니까 하지."

고객에게만 촉각을 곤두세우고 맞춰 주기도 쉽지 않은 현장에서 수시로 내 입에 먹을 것을 넣어 주고 짐을 들어 주고 따뜻한 말로 나를 챙겨 줬다. 아이들 등·하원 시간에 맞춰야 하니 마무리를 하지 못하고 갈 때도 언니가 대신해 주었기에 일할 수 있었다.

"그거 알아요? 꽃이 자기 닮았어."
"어쩜, 역시 전문가는 달라."

"손이 더 빨라졌네!"

평생 간직하고 싶어서, 언니의 말들을 노트에 적어 두기 시작했다. 믿는 만큼 자란다는 말은 어른에게도 해당하는 말이었다. 자존감이 하락세를 보이고 이 길이 맞을까 싶을 때면 들여다보았다. 내 일을 애정하는 전문성에는 함께 일하는 사람을 배려하고 높여 주는 태도까지가 포함된다는 것도 되새겼다.

길에서 흔히 볼 수 있는데 꽃 시장에 파는 꽃과 나무들이 종종 있다. 역할에 맞게 매력을 잘 살려서 쓰는 전문가를 만나면 빛이 난다. "어머, 걔가 얘야?" 이렇게 다시 태어나 빛을 발한다. 누구와 어떤 일을 하느냐에 따라 사람이 완전히 달라지는 것처럼.

날렵한 잎이 고급스러운 나무가 있다. 동그란 잎들 사이에 이런 잎을 넣어 주면 서로 돋보이게 하면서 모던해진다. 단풍도 들고 열매도 예쁘다. 꽃 시장에도 팔고 꽃다발에도 쓴다. 이 나무를 자주 활용하는 언니 덕분에 알게 되었다. 남천 나무. 꽃말도 전화위복. 집 앞에서 볼 때마다 간절했던 시기에 기회를 주고 롤 모델이 된 언니 생각이 난다. 누군가에게 잊지 못할 격려와 친절을 건네는 사람이 되고 싶다는 초심도 되새겨 본다.

Chapter 2

강해 보이고 싶을 때, 아마릴리스
― 한 귀로 듣고 한 귀로 또 들으면

주차하고 나서 바로 내리지 않았다. 시간이 넉넉히 남아 있기도 했지만, 마음 샤워가 필요했다. 오래 운전하고 왔는데도 머리를 떠나지 않는 말들을 씻어 내고 싶었다. 오랜 세월 차는 내 마음의 샤워실이었다. 이 좁은 공간에서 강풍에 헝클어진 머리를 빗듯이 마음결을 차분히 가라앉히고 내려야 할 일이 꽤 많았다.

그날도 깊이 그리고 길게 숨을 들이마시고 마지막 한 조각까지 내쉬었다. 그리고 내 귀에 또렷이 들리도록, 한 글자 한 글자 차분히 말해 주었다.

"나는 꽃이 주는 기쁨을 전하러 왔어. 나는 잘 해낼 거야. 이건 시작이야."

지금도 생생하게 떠오르는 첫 학교 수업의 기억이다. 나름대로는 그동안의 수업 사진, 데코 사진 모두 활용하고 정보를 샅샅이 찾아서 이뤄낸 일이었다. 숫자라는 돌덩이는 몽글한 꿈 거품을 푹 눌러 버린다. 한 번에 강사료는 3만 원, 재료비는 인당 7천 원, 거리는 1시간. 적자 아니냐는 말이 맞긴 했다. 빨간 지붕이 예쁜 집이 그래서 얼마냐고 물었다는 어린 왕자 속 어른들 이야기가 생각났다.

그런데 말이다, 사실이라고 해서 인풋으로 받아들이느냐는 내 선택이다. 마음 계좌 비밀번호는 나만 안다. 마음의 입출금기에 무엇을 입금하고 출금할 것인가, 마음이 적자일 때 재빨리 어떤 말을 넣어 줄 것인가는 온전히 나의 몫이다.

한 귀로 듣고 한 귀로 흘리라고들 한다. 말이 볼링공 나오듯 굴러 나오면 얼마나 좋을까. 아쉽게도 한 뼘쯤 될 양쪽 귀 사이에는 통로가 없다. 말이라는 게 그렇게 느릿느릿 움직이지도 않는다. 귀로 들어간 말은 반대편 귀가 아니라 마음으로 질주하기 마련이다. 빼내지는 못하더라도, 귀에 내가 다른 말을 넣어 중화시킬 수는 있다. 한 귀로 듣고 한 귀로 또 듣고.

아마릴리스는 존재감이 강한 꽃이다. 작약, 킹다알리아, 해바라기 등 얼굴이 큰 꽃은 적지 않아도 아마릴리스처럼 프라이팬 손잡이 같은 매끈하고 굵은 줄기를 지닌 꽃은 드물다. 길이도 어른 팔 길이만 하다. 손바닥만 한 꽃 얼굴이 강렬한 빨강, 밝은 주황, 화사한 하양이라 멀리서 찍는 카메라에도 눈에 확 띈다. 방송 플라워 데코에서 주연 역할을 한다.

그런데 강인해 보이는 아마릴리스 줄기에 비밀이 있다. 바로 속이 비어 있다는 것. 마치 대파의 초록 부분을 좀 더 두껍고 단단하게 만든 모양새다. 얼굴이 크고 무겁다 보니 갑자기 고개를 푹 숙이곤 한다. 기다란 화병에 꽂아 주고 줄기에 막대기를 꽂아 주는 맞춤 처방이 필요하다. 줄기 끝부분이 잘 말려 올라가니 스카치테이프도 감아 주어야 한다.

속 빈 줄기 같은 일을 할 때가 있다. 남들이 보기에는 그럴싸하지만, 돈은 안 남는 일. 괜찮다. 막대기로 단단하게 만들면 된다. 꽃병의 물을 매일 갈아 주듯 마음 찌꺼기를 떠내려 보내면 첫 마음이 맑은 지하수처럼 스며든다.

강사료가 3만 원인 클래스를 50만 원인 클래스처럼 하면 결국 50만 원을 받게 된다. 50만 원 클래스처럼 하기 위해서는 무엇보다 내가 내 일에 가치를 부여해야 한다. 남과 다르게 할 수 있는 것들을 쌓아 나가면 알아보는 사람들이 늘어난다. 팔아 달라고 할 만큼 고운 린넨 앞치마, 포토존과 인생 사진, 사진 찍는 법, 집에 가는 길에 사람들이 어디서 샀냐고 물어 오는 예쁜 포장과 운반백(늘 강조한다. 꽃은 운반감이라고!) 등 나만의 치트키를 쌓아 갔다.

이제는 쌓아 온 가치만큼 받는다. 하지만 언제든 내 위의 사람들이 보인다. 나만의 막대기는 늘 필요하다.

▲

6
내 처음이 너무 작을 때, 양귀비
– 미운 아기 깍지의 1/20

행사 플라워 데코 일로 만든 경력으로 서울과 경기도 교육청 사이트 구직난에 글을 올렸고, 학교 경력도 생겼다. 차곡차곡 즐겨찾기 폴더에 모아 둔 사이트들을 활용할 시점이 왔다. 바로 자원봉사로 강사 지원할 수 있는 곳이었다.

우선은 묵묵히 양을 채우기로 했다. 될까 싶은 생각과 불안한 감정을 버리자. 20개만 해 보자. 하나는 되겠지.

처음에는 20개 보내면 1개 답이 왔다. 강남구청에서는 메일을 보낸 지 1년이 지나서 전화가 왔다. 온라인 수업을 할 수 있는 강사가 많지 않은 덕분이기도 했다. 나 역시 능숙하지 못했다. 인스타에서 무료 줌 수업을 열었다. 재료를 배송해서 잘 도착하는지 확인하고 줌으로 수업하며 기능을 익히고 코멘트를 받았다.

수업에 대한 반응이 좋고 결과물이 예쁘니 강남구청 소식지에 실리기도 했다. 강남구청에서 수업했다는 이력이 다른 기관과 연결 고리가 되었다. 20전 1승이 점차 10전 1승, 5전 1승, 10전 9승으로 올라갔다.

도서관 수업도 자원봉사로 시작했다. 짧지만 생각할 거리가 많은 그림 책을 골라서 토론했다. 수업 만족도를 높이는 나만의 노하우를 공개하자 면, '예상 못 한 것들'을 제공하는 것이다. 수강생들은 대부분 단순 체험 활동 정도로 생각하고 오니 더 줄 게 많다. 책을 깊이 읽는 법과 배경지 식, 여러 꽃 상식, 의미 있는 나눔, 내 이야기를 할 기회, 귀 기울여 들어 주는 강사와 사람들, 내 취향에 따라 선택 가능한 고급 재료까지.

재료는 넉넉하게 가져가서 남긴다. 그러면 남은 재료를 가져가도 되는 지 묻는 분들이 꼭 있다. 흔쾌히 담아 드리면 작은 것에 기뻐하시는 모습 에 나도 기분이 좋아진다. 그것도 거절을 감수하고 용기 낸 부탁이라 들 어드리고 싶다. 적어도 내 태도가 거절할 것 같지는 않다고 생각하셨기 때문이 아닐까 주관적으로 해석하기도 한다.

수강생들은 수업이 끝나자 빠르게 자리를 뜨는 대신 천천히 대화도 하 고 두둑한 재료를 소중히 챙기셨다. 이 시간과 공간을 벗어나는 것을 아 쉬워하는 듯했다. 수업이 정말 좋았다고 선생님의 다음 수업은 언제냐고 물어들 보셨고, 몇 분은 개인적으로 클래스를 부탁드려도 되냐며 연락처 를 받아 가셨다. 담당자에게 내 연락처를 물어보는 분들도 계셨다.

"선생님 수업이 정말 좋았나 봐요! 제게 연락처를 물어보셨는데 알려 드려도 될까요?"

담당자는 놀라워하며 다음에도 수업해 달라고 하셨다. 다른 도서관에 근무하게 되신 후에도 수업을 부탁하셨고, 다섯 도서관에 내 수업을 추천하셨다.

처음과 끝의 간극이 가장 먼 꽃이라면 단연 양귀비다. 투박한 카키색에 뭉뚝하고 까슬거리는 털이 숭숭 나 있는 몽우리와 줄기가 멋과는 거리가 멀다. 미운 아기 깍지랄까. "이게 꽃이에요? 피어요?"라고들 할 정도다. 모르는 사람은 절대 사 오지 않을, 기대감 들지 않는 비주얼이다.

양귀비의 개화는 햇빛과 온도에 무척 민감하다. 시원한 그늘에 두면 일주일 내내 안 피지만 햇빛 드는 곳에 두면 몇 시간 만에 피기도 한다. 세련되지 않은 깍지 사이로 구겨진 한지 같은 꽃잎이 깍지를 영차영차 밀어내다가 툭 떨어뜨린다. 꾸깃꾸깃 접힌 꽃잎이 꼭 방금 태어난 신생아 같다.

다른 꽃은 몽우리에서 꽃잎이 보일 때부터 크기랑 빛깔만 다르고 귀여운 느낌이 있는데 이래서 예뻐질까 싶다. 하지만 일단 꽃잎을 펴기 시작하면 고혹적인 자태를 뽐낸다. 구불구불한 줄기는 햇빛을 찾아간 여정의 기록, 직선이 가질 수 없는 스토리를 담는다. 신비한 느낌에 툭 꽂아도 멋스럽고 컬러도 노랑, 다홍, 주황이어서 사진이 잘 나온다. 마약에 쓰이지 않느냐는 질문도 많이 받는데, 그런 양귀비는 종류가 따로 있으니 안심해도 된다.

몽우리 상태인 양귀비를 여러 지인에게 보내곤 한다. 부피가 작고 줄기도 부러지지 않아서 보내기 쉽기도 하지만, 응원을 함께 담고 싶어서다. 다음이 보이지 않는 시작을 앞둔 사람에게는 더욱. 꽃이 피면 다들 감탄한다. "와, 이래서 양귀비가 양귀비구나!", "양귀비는 역시 양귀비네요!" 그 감탄, 이제 당신 차례라고 말해 주는 따사로운 햇볕이 되고 싶다.

지친 날이면 꽃이 말을 걸어왔다

7

멀리 있는 것에 마음이 갈 때, 물망초

– 심란하면 물망초 처방전

독일의 전설에 따르면, 한 청년이 도나우강 한가운데 있는 물망초를 연인에게 주기 위해 헤엄쳐 갔다고 한다. 그런데 꺾어 오던 중 급류에 휩쓸려 버렸다. 안타깝게도 그는 꽃을 던져 주고 "나를 잊지 마세요!"라고 외쳤다고 한다.

여자가 꽃을 꺾어 달라고 졸랐을까, 여자가 말렸는데도 남자가 멋져 보이고 싶어서 뛰어들었을까? 둘 중의 한 명은 무모했기에 나타난 결과가 아닐까? 그래도 실화는 아니겠지? 지명이 나오니 괜스레 궁금하다. 물망초 줄기는 한지처럼 가볍고 흐늘거린다. 물에 휩쓸려 가며 던진다고 제대로 받을 수 있었을 리가 없다. '그래, 실화가 아니야.' 하며 오래전의 젊은 목숨 하나 구조해 본다.

짧은 첫사랑처럼 물망초는 대개 일주일도 함께하지 못한다. 화분으로 보는 게 제일 오래 보는 방법이다. 화병에 꽂는다면 화이트나 투명 화병을 선택하고, 블루 리본을 살짝 묶어 주면 시원스럽다. 단단하지 않은 줄기에 솜털까지 있으니 박테리아가 잘 생긴다. 매일 물을 갈아주면서 화병을 깨끗하게 빡빡 닦아야 한다.

그래도 이렇게 예쁘고 컬러가 유니크하니까 수고스럽지 않다. 꽃이 예쁘면 됐지, 무엇이 더 필요할까. 둘째가 생떼 부릴 때 내가 종종 하던 말처럼. "예쁘면 다야? 그래, 예쁘면 다지. 이렇게 예쁜데."

아이들을 데리고 꽃 시장에 가면 첫째는 노란 꽃을 둘째는 파란 꽃을 고른다. 옐로 앤 블루는 조합이 안 된다며 속으로 투덜투덜했다.

물망초를 처음 본 순간, 자연의 목소리가 또렷이 들리는 듯했다. "그 조합도 예뻐." 사람이 가장 잊지 못하고 SNS에 열심히 공유하는 감정과 풍경은 경외감이라고 한다. 새끼손가락 손톱보다 작은 꽃이 내게는 종종 나이아가라 폭포처럼 몰려온다. 아름다운 경외감을 드넓은 자연경관, 웅장한 건축물이 아닌 꽃 시장에서도 마주친다.

해 질 녘 하늘을 사진에 담아 본 적이 있다면 노을이 만들어 내는 색 배합에 감탄했기 때문일 거다. 사람이 만든 편견의 성벽은 자연이라는 거인에게는 걸림돌이 되지 않는다. 한 번뿐인 삶이니까, 이왕이면 파랗기만 한 하늘보다는 노을이면 어떨까. 평탄한 하루하루를 바라지만, 내 삶이 노을인 것도 괜찮다. 성격이 참 잘 맞는 형제이면 좋겠지만 이따금 생각한다.

'우리 집은 물망초다.'

꽃으로 작품을 만들 때, 전체 컬러가 100이라면 포인트 컬러는 비중이 15 이하여야 통일감이 생긴다. 많이 넣으면 혼란스러운 느낌이 든다. 눈에 띄는 건 포인트지만 메인 컬러가 안정적인 배경이 되어 주어야 조화로울 수 있다.

사람 사는 세상도 그렇다. 특별한 사람은 소수이다. 옐로와 블루를 모두 가진 꽃이 물망초뿐이듯 말이다. 체력이 좋은데 잠도 오래 자는 아이, 활동적인데 책도 많이 읽는 아이, 남편 시댁 친정 아이 모두 훌륭한 여자…. 괜히 들은 다른 집 이야기에 심란할 때 물망초 처방전을 추천한다. 복용법은 이렇게 말하고 따끔거리는 귀를 꾹 닫는 것이다.

'물망초구나.'

그저 다른 꽃일 뿐, 당신도 당신의 삶도 이미 충분히 예쁘다. 물망초 가져 보겠다고 풍덩 뛰어들지 말자. 발치에도 예쁜 꽃은 많다.

행사 플라워 데코와 강사 일을 이제 막 더 넓혀 보려 할 때, 코로나가 시작됐다. 한 달, 두 달 미뤄지던 수업에 기약이 안 보여서 미루던 스마트스토어를 열었다. 주변에 핀 흔한 들꽃처럼, 하고 싶은 일이 아니라 그 상황에서 할 수 있는 일이었다.

이 작은 스토어를 운영하면서 나는 돈으로 살 수 없는 것들을 풍족하게 얻었다. 사업가의 마인드, 사회생활 스킬, 세상을 보는 눈, 사람들의 사연과 스토리, 많은 기회와 연결. 클래스를 할 때도 사람들에게 스토어에서 결제하게 하면 더 편리함을 주고, 남겨진 리뷰는 내게 또 다른 제안이 오게 한다. 할 수 있는 작은 것이 하고 싶은 많은 것들을 이끌어 왔다.

지친 날이면 꽃을 접어왔다

▲

8
말로 다 전할 수 없을 때, 히아신스
– 흙이 없어도 뿌리를 내릴 수 있다고

겨울마다 바빠지게 하는 꽃이 있다. 꽃향기 농도로는 따라올 꽃이 없는 히아신스다. 수많은 꽃이 향을 뿜어내는 꽃 시장에서도 히아신스가 나오기 시작했다는 사실은 보지 않고도 알 수 있다. 잘린 상태로는 얼마 안 가지만 수경 재배하면 한 달 정도 볼 수 있다. 하양, 핑크, 자주, 쿨톤 보라, 웜톤 보라, 노랑…. 컬러도 다양해서 나의 인친들은 겨울마다 이번에는 어느 컬러를 곁에 둘까 즐겁게 고민한다. 대량 구매도 종종 있다.

그 겨울 2t 탑차로 보낸 히아신스에는 챙길 디테일이 유난히 많았다. 상자, 설명서, 컬러 등등 담당자와 여러 번 연락을 주고받았다. 어르신들이 보기 편하시도록 큰 글씨로 쓴 설명서도 보냈다. 그래도 전화를 선호하는 대한민국 국민 성향을 고려해서 전화번호도 적었다. 살짝 번거로울 수는 있겠지만 거기까지가 일 마무리라고 생각했다.

예상대로 전화가 몇 통 왔다. 그런데 내용이 의외였다.

"고맙습니다. 꽃향기가 참 좋네요."

"우울했는데 기분이 좋아졌어요."

내가 보낸 게 아니라 기관에서 보냈다고 이야기했지만, 그래도 고맙다고 하셨다. 행사와 수업이 겹쳐 정신없이 바쁜 시기였는데 힘이 났다. 그날도 수업 준비로 얼마 못 자서 살짝 낮잠을 자고 일어났는데 이런 문자가 와 있었다.

> 안녕하세요 충남 광역센터입니다. 저희가 저번에 수령한 히아신스를 자살 유족분들께 잘 전달해 드렸습니다. 받으신 분들이 꽃이 너무 예쁘다고 칭찬이 많아서 감사드리고 싶어서 연락드렸습니다. 수량도 많았을 텐데 하나하나 꼼꼼하게 포장해 주셔서 너무 감사드립니다. 하시는 일마다 잘되시고 번창하시길 바랍니다.

마음이 쿵. 좋은 곳에 쓰였겠지, 생각은 했지만 이렇게 쓰였을 줄이야. 말보다 꽃이 위로가 되는 분들이었구나. 얼마 만에 진심 어린 미소를 띠셨을까. 쉽사리 잠이 오지 않는 밤, 꽃향기가 살며시 토닥거려 재워 드렸을까.

잠시 기도해 본다. 겨울에도 꽃이 피듯 꽃을 마주할 때만이라도 희미한 미소가 스치기를. 삶을 뿌리째 흔드는 슬픔 가운데, 흙이 없어도 물에 뿌리를 내려 결국은 꽃망울로 끌어올리는 히아신스의 생명력이 전해지기를.

어쩔 수 없이 시작했다고 생각한 스토어가 이렇게 사연이 모여드는 소중한 곳이 되었다. 꽃을 보내는 사람들에게는 저마다 사연이 있다.

"아버지가 돌아가시고 힘들어하시는 엄마에게 위로가 되면 좋겠어요."

"육아 후 오랜만에 취직해서 첫 월급을 받았어요. 그동안 감사했던 어머니와 시어머니께 꽃을 보내 드리고 싶어요. 다른 선물도 생각해 봤는데 아무래도 꽃이 좋을 것 같아요."

얼마나 소중한 지출과 고심인지.

"요즘 힘들어하는 친구가 있어서 보내고 싶어요."

"정말 소중한 인연이에요."

"제가 처음 시작할 때부터 힘이 되어 준 고마운 분이에요."

좋아하는 컬러와 꽃을 물어본다. 사연에 따라 화사하게 또는 고급스럽게도 달라진다. 사실 이렇게 하나하나 맞춰 주어서는 그다지 남지 않는다. 금전적으로는 말이다. 그래도 나는 두둑이 챙길 게 많다. 꽃 작품을 새롭게 만드는 기회, 만드는 동안의 기쁨, 사진과 콘텐츠, 스토리와 리뷰. 점점 가심비 좋은 상품을 만드는 노하우도 늘었다. 온라인에서 친해도 택배라는 물성이 왔다 갔다 한 사이가 되면 더 가까워지기에 SNS를 하는 즐거움도 커진다.

무엇보다 나의 꽃만이 전할 수 있는 마음은 절대 놓칠 수 없는 내 삶의 의미다. 그 어떤 선물도 꽃을 대신할 수 없는 사연이 있고, 그걸 아는 사람들이 나를 믿어 줬다는 고마움도 함께 담는다. 누군가의 겨울을 따스하게, 누군가의 봄을 반짝이게 만들기를 바라며.

지친 날이면 꽃이 말을 걸어왔다

꽃 같은 사람들에게 받은 마음 적립하기

- 앞뒤로 쓰는 말 통장

통장에 쌓이는 잔고는 힘이 나게 한다. 돈의 액수보다 때로 더 나를 일으킬 수 있는 것은 말이다. 그런데 말은 휘발되기 쉽다. 말을 적립하는 나만의 방법은 말 통장을 만드는 것이다

1) 노트를 하나 장만한다. 열쇠가 있는 것이어도 좋다.

2) 앞장부터는 이런 말들을 쓴다.

    – 누군가 해 준 좋은 말, 기억하고 싶은 말, SNS의 댓글 중에서 간직하고 싶은 말, 책 속에서 만난 문장, 내가 나에게 해 주고 싶은 말 등

3) 뒷장부터는 이런 말들을 쓴다. 쓰면서 통장에 말을 넘긴다고 생각한다.

    – 누군가에게 들은 안 좋은 말, 잊어버리고 싶은 말, 부정적인 생각

4) 자존감이 떨어질 때, 부정적인 생각이 들 때, 마음이 힘들 때 통장을 열어본다.

5) 시간이 지나면 뒷장의 말보다 앞장의 말이 많고 오래가고 힘이 있다는 것을 알게 될 것이다. 뒷장의 말이 생각보다 내게 뺏어가는 에너지가 약해졌고, 내가 그 말을 이겨 내며 여기까지 왔다는 것도. 그

말들은 나를 단단하게 하고 대견하게 여기는 데 쓰였다. 그런 말을 듣는 누군가를 위로해 줄 수 있는 경험치도 쌓였다. 그러니 앞으로 부정적인 말을 들을 때 이 경험을 떠올리자. 긍정적인 말만 듣는 것보다 나를 성장시켰음을 기억하자.

6) 앞장의 말을 이제 다른 사람들에게 해 주자!

작은 도움을 주고픈 마음

– 어디서든 환영받는 강의제안서 만들기

1단계: 탐색하기

내가 강의하고 싶은 곳에 어떤 수업들이 있는지 알아보자. 어딘가에 합격하기 위해서는 누가 어떤 조건으로 합격했는지 살펴보아야 하듯이. 나는 백화점과 마트의 문화센터 리플릿을 차곡차곡 모았다. 종이 리플릿이 적어진 요즘은 웹으로도 얼마든지 PDF를 다운받을 수 있다. 어떤 강의가 중점을 두는 강의인지 수강 신청 목록으로 보는 것보다 잘 보인다. 가까이 사는 강사를 선호하기도 하니, 내 주변에 지원하는 것도 전략이 될 수 있다.

처음에는 시청, 여성지원센터, 교육청, 구청, 도서관, 동 주민 센터, 평생학습센터 홈페이지에 들어가서 강사 지원이나 자원봉사 메뉴가 있는지 살펴보자. 잘 안 보인다면 전화를 해도 좋다. 즐겨찾기에 쌓아 두고 기간을 정해 도전하기를 추천한다.

담당자의 입장에서 생각해 보자. 핫한 서울 한복판이 아니라면, 특강이나 토크를 제외하고는 꼭 유명 강사일 필요는 없다. 수강생들에게 이력서를 줄 것도 아니다. 웹 페이지에도 몇 줄만으로 충분하다. 그러니 아직 모자란다며 인풋만 하기보다 많이 성공하지 않아도 실패가 아닌 배움이라고 생각하자.

직장생활만 하다가 1인 사업가를 시작하려면 막막하겠지만, 개인적으로 직장생활을 해 본 사람은 확실히 일을 체계적으로 하고 일 처리 속도가 빠른 것을 자주 보았다. 이력서, 자기소개서, 면접도 통과해 본 경험이 있으니 자부심을 가져도 좋다.

2단계: 쌓기

어떤 강의를 해야 할지 감을 잡았는데 아직 경력이 전혀 없거나 부족해서 자원봉사도 쉽지 않다면 경력을 만들어 보자.

- 인맥을 이용하기 - 지인들을 모은다. 내게 필요한 것이 사진이라면 주변의 공간을 대여하는 것도 방법이다. 리뷰라면 카톡방에 정성 담아 남겨 달라고 해서 캡처하거나, 설문지에 수기로 써 달라고 해서 사진을 남길 수 있다. SNS를 하는 지인이라면 꼭 부탁한다.
- 온라인을 이용하기 - 내 SNS에서 모집해 본다. 이웃이 많지 않다면 영향력이 더 큰 이웃에게 홍보나 동시 진행을 부탁할 수 있다. 다수가 모여 있는 단톡방도 유용하다. 적절한 단톡방이 없다면 찾아보자. 강사들이 모여 서로 강의를 모집하는 단톡방도 있다. 오프라인에서 해야 한다면 지역 단톡방을 검색할 수 있다.
- 지역을 이용하기 - 네이버 지역 카페, 인근의 문화 공간을 찾아보자. 독립 서점, 동네 카페나 학원에 제안할 수도 있다.

이렇게 모은 경력을 내 SNS에 잘 쌓아두자. 강의한 날 바로 남기는 것이 좋다. 강의 후기 콘텐츠에는 다음 내용을 최대한 넣어보자.

- 내 짧은 소개 – 내가 이 강의를 할 수 있는 자격, 남과 다른 점을 넣어 보자. '마음까지 꽃피우게 하는 꽃 선생님', '천여 명에게 가르친 꽃 선생님' 등 각인시킬 수 있는 표현을 반복하자.
- 이 강의를 하게 된 이유, 강의를 통해 기대하는 점 – 수강생들에게 유익을 주고 그들의 문제를 해결해 주기 위한 관점이 들어가면 좋다.
- 준비 과정 – 단순 나열이 아닌 정보와 당신의 숙고를 넣는다. 읽는 사람이 기대하는 것은 개인적 기록이 아니다. '정성을 많이 들이는구나.' '다르구나!'라는 느낌과 함께 상식선의 정보도 쉽게 얻을 수 있다면 다음을 읽을 수밖에 없다. 이 소재를 고른 이유, 이 소재의 특징, 고르면서 한 고민과 소요된 시간, 특별히 강조점을 둔 것, 부자재들, 컨디션 관리 등이 들어간다. 개인 클래스는 미리 수강생들의 니즈도 파악해서 함께 준비한다.
- 여기까지를 포함하지 않는 강의 후기가 대부분이다. 그렇기에 당신을 차별화할 수 있다. 정성스럽게 쓰면 여기까지 만으로도 하나의 예고편 콘텐츠를 만들고 후기를 다시 연결할 수도 있다.
- 당일의 진행 – 눈으로 보듯 생동감 있게 표현해 보자. 수업하면서 한 수강생들의 말을 나는 꼭 기억했다가 따옴표로 남긴다. 어마어마한 양의 짐, 포토존, 현장, 영상 등을 포함한다.
- 수업 후의 리뷰 – 수강생들에게 댓글을 부탁하고 수강생들의 SNS

후기도 연결해 두자. 강의한 날 콘텐츠를 남겨야 댓글 받기가 좋다. 사진을 잘 보정해서 보내 주는 것도 후기를 쉽게 남겨 주게 하는 방법이다.

- 셀프 리뷰 – 강사로서 이번에 좋았던 것, 다음 수업에 반영하고 싶은 것을 기록한다.

많은 후기를 쌓지 않았는데도 SNS로 문의가 와서 연결되었다는 이야기를 듣곤 한다. 교육 담당자는 당신의 후기 개수를 세지 않는다. 당신을 구체적으로 알 수 있는 후기 몇 개면 충분하다. '이렇게까지 할 수 있는 강사는 잘 없겠구나.', '수강생들이 분명 만족할 것 같다.'라는 확신을 줄 수 있으면 된다.

3단계: 강의계획서 만들기

인터넷 쇼핑 경험을 떠올려 보자. 내가 원하는 품질이나 기능을 갖춘 제품인 것 같은데 상세 페이지가 깔끔하고 리뷰도 좋다. 옵션까지 다양하면 웬만하면 이 샵에서 구매해서 고민과 시간을 줄이고 싶게 된다. 모두 갖추기는 어렵다. 우선 내가 쉽게 할 수 있는 것, 내 분야에서 중요한 것부터 정성을 들여 보자.

- 다른 곳에서는 하는데 이곳에서는 없는 것을 찾아내서 어필해 보자!
- 처음에는 원데이 클래스로 지원하자. 몇 가지를 함께 보내거나 나중에 하고 싶은 과정도 보내면 좋다.
- 비슷한 과정도 내가 한다면 다르게 할 수 있는 것을 생각해 보자.

대상, 인원수, 기간, 주제, 서로 다른 과정의 융합, 난이도 조절 – 무엇이든 가능하다.

- 트렌드를 이용하자. 지금 진행하는 강의 제목을 보면 『트렌드 코리아』를 읽은 담당자인지, 고심한 제목인지가 보인다. 트렌드를 담은 책과 뉴스를 이용해 보자.

- 제목으로 승부하자. 담당자도 제목부터 읽고, 안내서나 웹페이지 목록에는 제목만 나온다.

- 디자인부터 다르다면 눈길을 끌게 되고 전문적인 느낌을 준다. 워드나 한글에서 작성한다면 같은 표를 만들어도 테두리를 일부 없애서 시원한 느낌을 주거나 컬러를 넣을 수 있다. 디자인 플랫폼인 캔바에서 만드는 것도 감성 있는 템플릿이 많아서 도전해 볼 만하다. A4라고 검색하면 배경으로 넣을 수 있는 이미지도 여럿 검색된다. 물론 그대로 쓰기보다는 살짝 더하거나 빼고 컬러를 바꾸면 좋다. 하지만 늘 기억하자! 안 하는 것보다 나으면 일단 하는 것만으로도 충분하다! 배경 이미지를 만들어서 워드나 한글에 배경으로 넣어 보자.

- 잘 찍은 증명사진 / 프로필 사진, 매력적인 자료 사진이 있으면 좋다. 요즘은 앱으로도 충분히 만들 수 있다.

- 담당자의 마음을 읽는 한 곳이 있어야 한다. 다른 곳에도 보냈을 법한 제안서가 아닌 맞춤 제안서. 구직할 때와 마찬가지이다. 수업 목적란에 적는 말부터 달라야 한다. 기업의 연말 클래스에는 '한 해 동안 수고한 나와 우리에게 한마디', 도서관 클래스에는 책을

선택하고 진행하는 구체적 과정, 엄마들의 클래스에는 '인생 사진 찍기', 카페에서 하는 클래스에는 '커피 마시며 시 한 편 골라 감성 엽서에 사각사각 필사하기'를 넣는다.

- 다양한 옵션을 제시한다. 나는 같은 주제라도 유아와 성인으로 원데이와 단기 클래스로 가격별로 나눈다. 요청받은 제안서는 업체에서 부탁하는 옵션의 2~3배를 보낸다. 그러면 혹시 담당자의 생각과 일치하지 않더라도, 구체적 니즈에 맞춰 줄 강사라는 믿음을 줄 수 있다.

- 리뷰와 기존 이력을 짧지만 임팩트 있게 보여 준다.

- 프로필 사진이나 잘 찍은 증명사진이 있다면 금상첨화. 둘 중 어느 사진이 좋을지는 분야마다 다르다. 프로필 사진은 요즘에는 10만 원 이하로 괜찮게 찍을 수 있는 곳도 많아졌다. 사진 보정을 메이크업 받은 것처럼 할 수 있는 앱이 많다. 'Beautyplus' 앱은 증명사진 메뉴가 있어서 쉽게 보정하고 만들 수도 있다.

- 사진이 필요한 분야라면 사진 퀄리티가 좋아야 한다. 아직 사진에 자신이 없다면 주변의 사진 잘 찍는 사람에게 촬영이나 보정을 부탁해 보자.

- 이 모든 것을 적용할 수는 없을 것이다. 우선 내가 쉽게 할 수 있는 것, 나에게 필요한 것부터 반영하고 다음으로 나아가자!

4단계: 두드리기

1단계에서 모아 둔 곳에 지원한다. 내가 목표한 개수를 채운다.

점점 사진, 리뷰, 경력이 쌓이면 파일이 아닌 웹에 나를 한눈에 보여 줄 수 있는 페이지를 만든다. 누군가 이력서를 달라고 하거나 사진을 보여 달라고 할 때, SNS보다도 더 명료하게 나타낼 포트폴리오가 필요하다. 한 번 만들어 두면 이전에 이력서와 강의계획서를 보냈던 담당자도 링크를 클릭해 나의 업그레이드된 경력과 사진을 볼 수 있다. 내 경우에는 캔바에 만들어 두고 계속 업데이트하고 있다.

지친 남아메리카꽃이 많음 걸어 왔다

계속할 수 있을까_꽃을 피울 때

어떤 일이든

'덕분'이라는 화분에 심으면

새롭게 피어난다

1
먹는 케이크로 오해받은 덕분에, 스카비오사
– 엘사부터 첫 기업 클래스까지

마트나 백화점에 갈 때마다 문화센터 안내서를 가져온다. 온라인으로도 볼 수 있고 PDF로도 제공한다. 안내서를 보면 담당자가 가장 미는 강의, 최신 트렌드가 한눈에 보인다. 꾸준히 보면 생기고 없어지는 클래스들도 알게 된다.

같은 클래스도 카테고리나 과정명, 설명을 보면 '그해의 트렌드 책을 읽은 분이구나.', '공부하는 분이구나.' 하고 감이 온다. 적극적인 담당자가 근무하는 곳에 도전해 보는 것도 방법이다. 내 주소와 가까운 곳이 유리하기도 하다. 아무래도 문화센터보다 백화점이 트렌드에 앞선다. 백화점에는 생겼는데 아직 문화센터에는 생기지 않은 과정을 공략하는 것도 통할 수 있다.

지금 유행하는 것과 나의 클래스를 접목할 수도 있다. 당시 〈겨울왕국 2〉가 개봉해서 두 번째 엘사 열풍이 불고 있었다. 나는 엘사 플라워 케이크를 만들었다. '무에서의 출발'이라는 꽃말을 가진 스카비오사를 포인트로 넣었다. 지인의 카페에서 예쁘게 사진을 찍어 원데이 클래스를 제안했다. 처음에는 원데이 클래스를 제안하는 것이 진입 장벽을 뚫기에 좋다.

제일 먼저 이마트 문화센터에서 연락이 왔다. 집에서 가장 가까운 곳이었기에 더욱 반가웠다. 나중에 알게 된 사실이지만 문화센터 담당자들의 경력도 능력도 다 달라서 본사에서도 순환 배치를 한다고 했다. 나에게 연락을 준 분은 일을 무척 잘하는 분이었다. 일을 잘하는 요소에서 열린 자세가 정말 중요하다는 것을 이분에게 배웠다. 내가 무엇을 제안하든 "그래요. 해 봐요."라고 기회를 주었다. 본인의 업무 증가로 이어질 수도 있는데 말이다.

처음에 그 담당자는 엘사 케이크가 먹는 케이크인 줄 알고 내 플라워 클래스를 키즈 베이킹 카테고리로 넣었다. 나중에야 베이킹이 아닌 줄 알게 되었는데, 이런 경우 다른 담당자라면 내 클래스를 오픈하지 않을 법했다. 키즈 플라워는 카테고리 자체가 없었고, 만들자니 번거로운 데다 키즈 베이킹보다 매력이 덜할 수 있었다. 성인 대상으로는 맞지 않을 뿐더러 플라워 클래스는 이미 많았다.

하지만 그분은 없애는 대신 플라워 클래스 카테고리로 오픈해 주었다. 코로나로 내가 온라인 수업을 제안했을 때도 마트 문화센터에서 해 보지 않은 영역이었지만 나를 믿고 시도해 주었다.

그분은 내 수업을 근처의 문화센터 열 군데로 넓혀 주었다. 1시간 만에 그 열 곳의 담당자와 일정표를 조율하고 표로 만들어 보내 주는 걸 보며 일 처리 속도에 감탄했다. 통화하면 긍정 에너지에 전염되었다. 역시나 이분은 서울의 큰 문화센터로 발령이 났다.

비록 함께 도모했던 온라인 클래스는 성공하지 못했지만, 덕분에 첫 기업 클래스를 시작했다. 계열사에서 문화센터에 온라인 클래스를 할 수 있는 강사가 있는지 물었기 때문이다. 뿌린 씨앗이 내가 기대한 방향으로 자라지 않아도 괜찮다. 다른 햇빛을 향해 줄기를 뻗어 꽃을 피울 수 있다.

2
카페 운영의 쓴맛을 본 덕분에, 산수유
— 2가지 잃고 2가지 얻었어도 흑자

숨길 것까지야 없지만 굳이 먼저 밝히지도 않는, 반그늘 같은 이력이 하나 있다. 카페 위탁 운영 3개월. 나지막하고 오래된 건물이 다닥다닥 모여 있는 청파동, 그중에서도 낡고 작은 건물 2층이었다. 한 명만 지나 갈 수 있는 가파른 나무 계단을 오르면 좁다랗고 긴 창문이 4개, 테이블 이 4개쯤 있고 4명쯤 복닥거리며 앉아서 모임을 하기 좋은 온돌방이 하 나 있었다.

그곳에서 보낸 가을, 2가지가 없어졌다. 하나는 하고 싶은 일에 쓰려고 모아 둔 귀여운 액수의 비자금. 하나는 작은 공간을 갖는 로망.

고정비와 오픈 시간이 얼마나 무서운지 알게 되었기 때문이다. 월세, 재료비, 전기세, 냉난방비 등 다달이 나가는 돈이 이렇게 많을 줄 몰랐 다. 각각은 얼마 안 되는 듯한데, 훅훅 커지는 앞자리 숫자가 아무래도 잘못 계산한 듯 느껴졌다.

'어디 보자…. 한 달 운영일 25로 나누면 ○만원, 그럼 하루에 커피 ○ 잔은 팔아야 인건비는 빼더라도 적자라도 면하는 거네?'

이런 계산을 어림잡아 휘리릭 하고 시작하다니. 아침부터 저녁까지 자리를 지켜야 하니 끼니를 챙겨 먹는 것도, 화장실 가는 것도 편하지 않았다. 막연하게나마 마음을 먹었다. 가만히 앉아 누군가를 기다리는 일 대신에 누군가가 불러 주는 일을 해야겠다고.

대신 2가지가 생겼다. 공간을 운영하는 사람들에 대한 공감력 그리고 공간 운영 비용 계산력. 누군가의 공간에 갔을 때 나는 그곳을 유지하기 위해 감내하고 있을 수고가 먼저 보인다. 밥은 제때 먹을까, 마음을 어렵게 하는 손님이 오지는 않을까, 잠시 쉴 곳은 있을까. 비용 계산도 저절로 된다.

시도의 결과는 성공과 실패로 나뉘는 게 아니라 성공과 배움으로 나뉜다는 말을 들었을 때, 이 경험이 생각났다. 로망도 좌절과 실현이라는 두 갈래 길로만 향하는 게 아니다. 현실적인 소망으로 나아갈 수 있다.

인테리어와 보증금 등 초기 비용, 매달 고정 비용, 무엇보다 아이들과 함께하고 싶은 시간을 생각하면 아직은 공간 없이 버티고 싶다. 그 다짐이 결핍이 아닌 선택으로, 머리가 아닌 가슴으로 자리 잡은 건 지난날의 시도 덕분이다. '나는 공간이 없어서 못 해.' 대신에 '공간이 없어도 할 수 있는 방법이 있을 거야.'라고 생각하며 방법을 찾게 됐다. 집 안에 꽃 냉장고와 개수대를 들였다.

비슷한 배움이 쌓이다 보니 이 탐색로가 더 업그레이드되었다. '공간이 없는 덕분에 더 장점이 있을 거야.'라고. 지키고 앉아 있어야 할 시간도 공간도 없어서 나는 어디든 갔고 천여 명에게 꽃을 나눴다. 아이들이 할일을 하는 옆에서 한석봉 어머니처럼 내 일을 한다. 늦은 밤이나 새벽에도 수업 준비를 할 수 있다. 무엇보다 불확실한 고객을 기다리는 대신 불러 주는 수업을 하러 가는 게 좋다.

꽃을 물에 꽂아 두어 줄기가 물을 빨아올려 싱싱하게 만드는 것을 '꽃에 물을 올린다.'라고 한다. 그 전에 줄기와 잎을 손질해야 하는데, 이것을 컨디셔닝(conditioning)이라고 한다. 물을 올리기 좋은 최상의 컨디션을 만드는 것이다. 잎과 꽃은 물을 나눠 갖는 사이이기 때문에 잎은 일부러 두는 몇 개(꽃 종류에 따라 0~3개 정도)를 제외하고는 모두 제거해야 한다. 특히 물속에 잠기는 부분에 잎이나 가시가 있으면 물이 부패한다.

꽃 수업 때 이렇게 알려 드리면 "잎도 예쁜데!", "아까운데~." 하시곤 한다. 하지만 선택과 집중이 필요하다. 인생처럼. 좋아하는 일은 일단 시작하라고들 한다. 일단 공간을 열면 어떻게든 월세를 감당하게 되어 있다고도 한다. 틀린 말은 아니지만, 모두에게 맞는 말도 아니다. 고려 요인의 가중치는 사람마다 다 다르기 때문이다. 걱정, 다른 소중한 것에 대한 아쉬움이 뇌의 일정 부분을 차지해 버리면 좋아하는 일을 하는 기쁨이 움츠러들 수 있다.

그러니 나는 왜 시작을 못 할까 자책하지 않아도 괜찮다. 누구나 가는 길 대신 다르게 고민한 덕분에 더 나다운 길을 가게 될 수 있다. 리스크를 최소화하며 소심하게 시작해도 충분하다. 아직 꽃샘바람이 패딩을 넣지 못 하게 하는 초봄, 가장 먼저 피는 산수유의 지혜처럼 말이다.

꽃샘바람은 손이 거칠고 크다. 산수유꽃은 면적이랄 것이 없이 아지랑이 같다. 꽃샘바람의 손에 잡힐 게 없다. 눈에 확 띄는 대신 '일단 시작! 살아남기부터!'를 택했다. 작은 것이 큰 것을 이기는 현장이다.

"왜 공간 안 오픈하세요?", "꽃집 안 하세요?"라고 많이들 묻는다. "저는 수업이 더 좋아서요.", "수업이 많아서 운영을 못 해요."라고 대답한다. 사실은 더 하고 싶은 말, 주고 싶은 격려가 이렇게 많았다. 공간이라는 1가지 요인을 '덕분에 탐색로'에 올려놓으니 다른 요인들도 같은 탐색로를 따라 움직였다. 이제 생각하니, 그 3개월은 평생 남는 장사였다.

지친 날이면 꽃이 말을 걸어왔다

3
이익을 남기지 않은 덕분에, 클레마티스
– 꽃감옥에서 얻은 자산

수업이 계속 늘어 갔다. 대부분 담당자의 소개, 인스타, 스마트스토어 문의를 통해서였다. 기업, 문화센터, 학교, 도서관, 공공기관까지 차곡차곡 경력이 쌓였다. 경력에 비해 예쁜 사진이 쌓이지 않아 아쉬웠다. 출강하는 곳 대부분이 예쁜 사진을 남길 수 있는 공간이 아니었다. 사진을 제대로 남기기에는 시간이 빠듯할 때도 많았다.

작품 사진은 집에 마련한 1평 포토존에서 찍거나 카페, 대여 스튜디오에서 찍을 수 있었다. 수업 현장 사진이 매력적이지 않았다. 공간이 없어서 가장 아쉬운 점이었다.

그쯤, 인스타를 통해 알게 된 J 님이 지인들과 함께 꽃 수업을 해 달라고 했다. 논현역의 한 카페를 빌리기로 했다. 북 토크와 행사를 자주 하는, 문화공간 카페였다.

수업 날 나는 그동안 하고 싶던 것들을 마음껏 풀어냈다. 미리 카톡방 만들어서 원하는 것 물어보기, 아침 일찍 모두가 꽃 시장 가서 꽃을 골라오기. 고급 꽃을 여럿 사기. 한 분 한 분 다양한 포즈로 찍어 드리며 웃

기. 사진 수백 장 남기기. 꽃에 마음껏 둘러싸인 수업을 한 분이 '꽃감옥'
이라고 이름 붙여 주었다. 갇혀 있고 싶은 시간과 공간, 그리고 무기징역
을 원하는 사람들.

카페 사장님의 제안으로 매달 꽃 수업을 했다. 이 수업에서 나는 돈을
남기지 않았다. 수강료에서 공간 대여료를 제외한 금액을 대부분 재료비
로 썼다. 사장님도 수강생들도 꽃이 이렇게 고급스럽고 풍성한데 뭐가
남기는 하냐고 걱정했다. 애초에 나는 다른 계획이 있었다. 더 중요한 두
가지를 남겼다.

하나는 사진과 영상이었다. 꽃 하나하나와 만드는 과정, 완성 작품들,
수업하는 내 모습, 사람들의 인생 사진까지. 예쁘기만 한 게 아니라 웃음
과 행복이 가득 담겼다. 얼마 지나지 않아 사진첩에는 어느 것을 골라서
써야 할지 고민할 만큼 많은 사진이 채워졌다. 샘플 사진이 중요한 플라
워 클래스라서 든든했다. 어느 담당자에게 보여 줘도 "정말 예쁘네요!"라
고 감탄하며 수업을 하고 싶어 했다. 물론 SNS도 한층 업그레이드되었다.

사람과 입소문 역시 돈으로 살 수 없는 값진 자산이었다. 수강생들은
주로 인친들이었다. 직접 만나기 쉽지 않은 온라인 세상에서, 꽃은 하는
일, 성향, 취향을 모두 넘어 연결 고리를 만들어 주었다. 지방에서 새벽
부터 오시면서 내 수업은 하이엔드 클래스라고 하셨다. 계속 오시는 분
들은 서로를 평생회원이라고 불렀다. 감사한 분, 만나고픈 인연이 있으
면 수업에 초대하는 기쁨도 컸다. 이분들이 SNS에 후기를 남겨 주시니
내 닉네임 '한꽃차이'는 꽃소문과 입소문을 타고 퍼져 갔다.

스튜디오, 공방 등 예쁜 공간을 가진 다른 분들도 나를 초대해 주었다. 이렇게 사진이 목적인 수업에 자주 가지고 가는 꽃이 있다. 여러 고급 꽃들 사이에서도 단연 돋보여서 꼭 이름을 물어들 보고 '이름도 예쁘네!' 하신다. 클레마티스. 컬러도 고급스러운 보라 계열, 자주 계열, 화이트이다. 잎까지 하나하나 예뻐서 잎도 남김없이 쓰게 된다.

내가 꽃 수업을 하러 가면 공간 주인은 정리할 것도 신경 쓸 것도 많다. 꽃 만지러 오시는 분도 다른 바쁜 일, 이익과 관련된 배움이 많은데 시간을 낸다. 그 마음에 매번 감사했다는 것을, 어떻게 표현하면 좋을까. 흔한 말보다 클레마티스의 꽃말을 전하고 싶다. '당신의 마음은 아름다워요.'

지친 날이면 꽃을 쥐어왔다

4
다시 해 달라는 농협의 요구 덕분에, 라넌큘러스
— 디자인학과 대학원생의 픽

농협에서 전국의 영업왕을 축하하는 시상식이 있었다. '화사하게, 하지만 화이트는 아니게. 대형 난 화분과 꽃의 컬러를 통일해서.'라는 요구 사항이 왔다. 사전에 난을 노란색으로 골라 주셨기에 꽃 컬러도 맞춰서 준비했다. 농협에서 가장 높은 분들이 오신다는데 핑크 핑크 하게 할 수는 없기도 했다.

꽃 양이 어마어마했다. 카니발이 빽빽이 찼다. 이렇게 큰 행사는 건물도 커서 주차장에서 행사장까지가 멀다. 엘리베이터도 갈아타고 안내데스크에서 승인도 받아야 한다. 시간도 부족하고 동선도 복잡하니 한 번에 운반해야 한다. "두 번은 없어!" 들고 끄는 건 물론이고 실어서 발로 밀면서 간다. 플로리스트의 필수 항목은 감각 이전에 튼튼한 팔다리와 약간의 깡이다.

"음…. 뭔가 좀…."

현장은 변수로 뒤덮여 있다. 데코 하고 나서 담당자의 반응이 이럴 때 난감하다. 난감하다고 난감한 티가 나면 초보다. 함께 일하는 케이터링 업체 실장님은 역시 프로였다. 기업과 임원을 많이 겪어 봐서 담당자도 모르는 담당자의 마음을 척 읽었다. 당황한 표정이 전혀 없이 시원시원하게 웃으며 영창피아노 솔 톤으로 물었다.

"꽃이 좀 더 쨍해야겠죠?"
"네. 그러면 좋겠네요."
"좀 더 큰 꽃이 많으면 좋겠고요?"
"아! 그렇네요"
"바꿔 드릴게요! 걱정 마세요!"

가장 쨍하고 화려한 노랑으로 준비했어도 넓고 옅은 나무색 공간에 펼쳐 놓으니 노란색은 약했다. 사전에 디자인을 조율했어도 순발력을 발휘해야 하는 변수는 이미 한 차례 있었다. 단상에 세워 두는 글자 사이사이에 꽃이 나오게 해 달라고 했고 글자판 사진을 받았었다. 글자가 바닥에 붙어 있어서 당연히 꽃이 글자 뒤쪽에 있게 디자인했는데, 꽃이 글자 아래에 오게 해 달래서 급히 글자 제작 업체를 불러 글자를 높이고 꽃을 낮췄다.

아이들이 어릴 때라 자유롭게 시간 내기 어려운 시기였다. 실장님이 새벽에 수정 작업을 해 주셨기에 주최 측의 마음에 쏙 들게 바꿀 수 있었다. 꽃말도 '화사한 매력, 명성'인 진한 라넌큘러스를 가득 넣었다.

지금 같으면 담당자를 이렇게 설득했을 것이다. 이 우드 컬러에 노랑은 묻힌다고, 공간이 넓으면 쨍하게 넣어야 한다고. 큰 꽃을 넉넉히 넣고 컬러는 2~3가지로 통일감 있게 해서 풍성하고 화려하게 해 드리겠다고.

이 과정을 블로그에 남겼다. 그 글을 보고 디자인학과 대학원생이 연락했다. 졸업 전시회에 둘 센터피스가 필요한데, 교수님이 원하시는 게 명확하다고. 문제는 너무 분명하다는 것이었다. 심지어 꽃에는 잘 없는 컬러인 군청에 가까운 진파랑을 원하셨다. 컬러 번호와 가로세로 높이 cm까지 정해져 있어서 레고 설명서 같았다. 이렇게까지 맞춰 줄 수 있을 법한 전문가를 나름 얼마나 열심히 검색하고 찾았을까 싶었다.

나에겐 이럴 때 발휘되는 도전 정신이 있다. '누가 쉽게 못 하겠는데.' 싶으면 '그럼 내가 하고 싶다!'라고 고개를 쑥 내미는 용기. 용기 연료 하나만 믿고 오프로드로 무수히 접어들어 덜컹거림을 즐기곤 했다. '시작하면 어떻게든 해내게 되더라'는 경험들 외에는 레퍼런스도 내비게이션도 없는 곳으로.

그 뒤로 블로그에 글을 쓸 때면 '이렇게까지 맞춰 줄 수 있는 전문가는 저뿐이에요.'라는 마음과 근거를 담았다. 고객이 원하는 것은 '내가 말한 그대로' 하는 것보다는 '전문가의 내공으로 최상의 결과를 내는 것'이라는 것을 알게 되었기 때문이다. 그러기 위해서는 말로 표현할 수 없는 것을 구체적인 소통으로 끌어내는 능력, 보여 줄 수 있는 자료와 대안을 갖추고 있어야 한다.

보여 주는 것에 있어서 최고의 전문가인 이랑주 박사님 북 토크에서 이렇게 질문했었다.

"제가 보았을 때는 이렇게 하면 안 되는데 고객이 설득되지 않을 때는 어떻게 해야 할까요?"

여러 경우를 만나 보니 고객이 꼭 설득되지는 않았다. 나 역시 새로운 분야와의 협업이라 충분한 논거를 갖고 있지 못할 때도 있었다. 박사님은 현장 냄새 나는 질문을 눈을 반짝이며 반기셨다.

"제가 그래서 논문을 썼어요! 숫자로 설득하려고!"

이과 출신답다는 말을 종종 듣는 플로리스트는 오늘도 자료를 모으고 숫자로 풀어낸다. 어떤 고객이든 상상 그 이상으로 감탄하게 하고 싶다. 크리스마스 데코를 문의하면 7가지 스타일과 작년 대비 올해 비율, 트렌드, 장단점, 예시 사진, 추천안을 바로 보내는 식으로. 이런 말을 더 듣고 싶다.

"아니, 어떻게 그게 바로 나와요?"

Chapter 3

5

콜롬비아산 보라를 선택한 덕분에, 프리저브드 플라워

– 100개보다 나은 7개

"딱 이 색감으로 만들어 주실 수 있나요? 장미는 8개 들어갔으면 좋겠고요."

아이디어스에 올려 둔 프리저브드 플라워 박스를 보고 문의가 왔다. 보내온 사진을 보니 중국산은 아니었다. 프리저브드 상품을 많이 만들다 보면 사진만으로도 중국산인지 아닌지 감이 온다.

프리저브드 플라워는 조화보다 2~10배, 비누 꽃보다 수십 배 비싸다. 생화를 특수 처리해서 습기와 컬러를 빼내고 다시 컬러를 입히는 작업을 거쳤다. 시간, 온도, 습도를 정확히 맞춰야 하는 고난도의 기술이 필요하다. 꽃 종류에 따라 다르지만 중국산보다 콜롬비아산은 2배, 일본산은 3~4배까지 비싸다. 실제로 보면 그럴만하다 싶게 컬러와 모양이 훨씬 고급스럽고 바스러지지 않는다.

"옆 칸은 디저트를 넣을 거라 10cm 비워 주시고요."

디저트 카페이고, 7개가 필요하다고 했다. 집과 가까운 곳이라 배송비나 포장하는 수고, 배송 중에 흔들려 꽃이 흐트러질 위험성은 없었다. 상품을 판매하다 보면 이윤을 남기는 것 못지않게 리스크를 피하는 것도 중요하다. 100번의 만족 영웅을 무찌를 수 있는 강력한 잠재 악당(!)이 한 번의 리스크다.

또 다른 중요한 고려 사항은 '내가 궁극적으로 나아가려는 방향과 일치하는가.'이다. 프리저브드 플라워 상품은 수요가 많지는 않지만, 생화를 사러 다니는 시간과 노력을 덜어 주고 부가가치가 높다. 얇고 하늘하늘한 꽃들을 조심스레 다듬고 배치해서 작품을 만드는 시간과 섬세함 역시 조화나 비누 꽃과 비교할 수 없다. 그 차이를 알아볼 만큼 눈높이가 높은 고객이 내가 이어지고 싶은 고객이기도 하다.

물론 눈높은 고객이다 보니 프리저브드 플라워 상품은 디테일한 요구 사항이 추가되는 경우가 많다. 그 요구 사항도 나의 자산이다. 사람들이 무엇을 원하는지 알게 되는 과정이 재미있다. 내 감각을 드러내는 진열까지는 나의 몫, 진열 상품을 보고 니즈를 덧입히는 것은 고객의 몫이다.

'숫자로 환산할 수 없는 것이 남는가?' 또한 생각해 볼 일이다. 바로 콘텐츠, 고객이다. 둘 다 다른 일을 내게 데려다주고 브랜딩에 기여하기 때문이다. 고급스러운 사진과 고객의 니즈를 맞춰 준 스토리, 체인점인 단골. 그렇다면 진행해 볼 만하다는 결론이 났다.

"보여 주신 장미가 정말 고급스럽네요! 8개 풍성하게 넣으면 예쁘겠어요. 이건 중국산으로는 나오지 않는 컬러라 개당 3천 원 정도 해요. 그래서 다른 꽃과 상자까지 하면 금액이 빠듯합니다. 예산이 딱 이 가격일까요? 가까운 곳이어서 제가 편안히 가져다드릴 수 있고 안목이 높은 고객님이라 이번에는 동네 이웃 가격으로 진행해 드릴게요. 다음에는 조금 더 예산을 책정해 주시면 감사하겠습니다."

완성한 프리저브드 플라워박스는 도서관 가는 길에 들러 전해 드렸다. 햇빛이 유난히 밝아서 사진이 잘 나왔다.

"상자에 디저트 넣으시면 제가 리본 묶어 드릴까요?"

리본 묶을 일은 팔 걷어붙이고 나서는 리본 강사 자격증 있는 플로리스트. 그저 리본만 보면 발동하는 오지랖이다. 남겨 주신 말에 기분도 좋아졌다.

"저희가 다른 곳에서 100개씩도 주문하는데요, 이건 VIP 손님들 용이에요."

사실 비슷한 중국산 보라 장미로 만들어도 될 일이다. 하지만 굳이 똑같은 컬러의 콜롬비아산 보라 장미를 넣을 때 생각한다. '누가 말려!' 이말을 할수록 나는 더욱더 나다움에 가까이 가지 않을까? 말랑한 듯 뾰족한 전략이다.

또 하나의 장기 전략이 있다. 담당자에게 나의 일에 어떤 노고가 들어가는지 알리는 것. 말 안 해도 아는 건 꽃뿐이다. 사람은 티 안 내면 모르는 게 지극히 당연하다. 논리적 말하기가 어려운 나 같은 사람에게는 처음엔 큰 용기가 필요했다. 그래도 계속할 수 있는 건, 나뿐 아니라 모두에게 도움이 된다고 생각하기 때문이다.

나의 시간, 비용, 전문성, 노력에 합당한 대가를 받기 위해서인 건 당연하다. 그래야 계속할 수 있다. 꼭 공예가 아니더라도 보이지 않는 공을 들여 일하는 사람들에게도 도움이 되고 싶다. 예전의 나처럼 누군가는 남지 않아도 무엇이라도 할 텐데, 그들의 목소리를 대신 내려 한다.

남낭사들은 예산 안에서 최상의 결과를 내야 한다. 그래서 상사에게 말할 만한 객관적인 근거와 매력적인 옵션이 필요하다. 옵션 2~3가지를 제시하고 더 끌릴 만한 옵션을 같거나 비슷한 가격으로 제공하는 협상법도 종종 사용한다. 열심히 검색했을 담당자의 노고도 빛나게 하고 싶다.

무슨 일을 하든 서로가 노고를 조금씩은 알아주는 세상을 꿈꾼다. 클래스에서도 수강생들은 깔끔히 세팅된 공간, 다 다듬어진 꽃을 마주한다. 시간이 충분할 때는 한 줄기라도 다듬어 보게 한다. 꽃 다듬는 법을 알려 주기 위해서이기도 하지만, 꽃 일의 드러나지 않는 부분을 드러내 보이려 함이다. 한두 줄기도 보통 일이 아니라며 놀라워하신다.

"꽃집을 하면 꽃만 꽂는 줄 알았는데 로망과 현실은 다르네요?"

꽃다발을 사는 분들 역시 김장하듯 다듬는 모습은 못 보셨기에 플로리스트는 우아하게 포장만 하는 줄 알곤 한다. 그럴 수밖에 없다. 꽃집에서 꽃을 산다는 건, 꽃만 사는 게 아니다. 꽃을 사 오는 시간, 꽃마다 다른 다듬는 방법과 노하우를 아는 지식, 다듬는 시간, 보관하는 지식, 보관하는 비용(꽃 냉장고, 물통, 꽃 보관에 쓰이는 화학약품, 전기세), 포장과 리본 등 부자재까지를 포함한다.

더 나아가 플로리스트가 되기 위한 배움의 비용과 시간, 연습, 아르바이트, 꽃을 제대로 고르고 사기 위한 시행착오들, 계절마다 나오는 꽃들을 사 보고 다루어 본 경험, 하늘거리고 예쁘지만 오래가지 않는 꽃과 오래가는 꽃 사이에서 적절히 조화를 이루는 능력, 트렌드 파악하는 노력, 그 과정에서 생긴 안목과 꽃 도매시장의 단골이 되어 최상급 꽃을 받기까지의 시간, 그동안 만들어 본 수많은 꽃다발, 단가를 맞추는 계산력, 영상 본다고 되는 게 아닌 손이 아는 기술, 포장지와 리본 고르는 능력까지.

이토록 자잘하게 늘어놓는 이유는, 어느 직업이나 들여다보면 마찬가지이기 때문이다. 생화와 프리저브드 플라워처럼 세심한 일을 하다 보니 노고가 보인다. 사람들의 과정을 상상한다. 조화를 이루어 작품을 만들 듯, 서로가 빛나게 돋보였으면 좋겠다.

6
강남 교보문고 책장 물어 줄 뻔한 덕분에, 튤립
– 너무 열심히 하지 않기

강남 교보문고 책장이 얼마일지 생각해 본 적 있는지? 나 역시 내가 그런 계산을 할 일이 있을 줄은 몰랐다. 그것도 내가 물어준다는 가정하에 말이다.

얼마 전 방영된 드라마 〈킹더랜드〉에서 호텔리어인 주인공은 아이 고객이 잃어버린 곰 인형을 찾아 주겠다고 세탁실에 쌓여 있는 이불 사이사이를 모두 들춰 본다. 땀까지 송골송골 맺혀 가며. 이 모습은 본 20여 년 경력의 선배가 묻는다.

"왜 그렇게까지 해요?"

그리고 덧붙이는 말.

"대부분의 문제는 너무 열심히 하는 데서 생기거든요"

경험해 본 사람만이 알 수 있는 이 말에 깊이 공감했다. 너무 열심히 한다는 것은 하지 않아도 될 것까지 한다는 뜻이다. 누군가 해 보지 않은 일, 검증되지 않은 영역, 자신에게 바라는 성과나 영역을 자칫 넘어서서 좋지 않은 평가를 받을 수 있는 위험까지도 포함한다. 드라마 주인공 역시 내

의무가 아닌 일을 하느라 자리를 비웠다는 비난을 받을 수도 있었다.

이런 아찔한 열심은 장기적 판단이 아닌 단기적 열정에서 나온다. 나 역시 그랬다. 무언가 결정할 때는 반드시 담당자에게 확인해야 한다. 더 잘하기 위한 것, 수강생을 위한 것이라도 담당자가 곤란해질 수 있다면 멈춰야 한다. 담당자의 상사, 수강생 간의 형평성, 다른 수업과의 형평성을 다 생각해야 한다는 것을, '나중을 생각한 열심'을 내야 한다는 것을 배운 일은 몇 번 있었다. 그중에 최고봉은 교보문고였다.

꽃 감수를 맡은 수브레인 컬러링북과 강남 교보문고는 사이가 좋았다. 컬러링북 꽃 감수는 콘셉트와 꽃을 정하고 나면 빨간펜 선생님 같은 작업이었다. 내추럴한 느낌을 내기 위해 복사해서 붙여 넣은 꽃 그림은 하나도 없도록 하고 작가님께 한 꽃 한 꽃 수정을 요청했다. '이 꽃들 크기가 비슷하니 하나를 80%로 줄여 주세요.', '꽃 크기가 가늠이 안 되니 벌이나 나비를 그려 넣어 주세요.', '이 꽃은 몽우리가 예쁘니 몽우리를 크기 다르게 2개 그려 주세요. 잎 크기는 70%로 줄여 주시고요.'

작가님이 이런 요청을 무던히 수용하면서 꽃 느낌을 잘 살려 주었다. 쉽지 않은 작업을 함께 하고 시행착오도 겪어 대표님과도 탄탄한 사이가 되었다. 교보문고 예술 분야 팀장님이 많은 컬러링북 사이에서 수브레인 컬러링북만의 쉽고 내추럴한 장점을 알아보고 연락을 주셨다. 덕분에 여러 협업도 진행했다.

플라워 클래스가 잘되어 감사했다며 홍보 코너 중에서도 중앙에 있는 로열석을 한 달간 내주셨다. 수브레인 대표님과 나는 강남 한복판에 월세 없이 입점한 듯 기뻤다. 그도 그럴 것이, 비용을 내고 이용하려면 웬만한 월세 금액이었다.

마음껏 데코 하라는 담당자의 말에 여러 아이디어를 내다가 꽃비를 만들어 보기로 했다. 컬러링북 속의 꽃들을 크기 다르게 인쇄해서 코팅하고 한 송이 한 송이 오렸다. 책 표지에 있는 튤립이 특히 당당하게 예뻤다. '명성'이라는 꽃말처럼. 그날따라 점심 먹은 돈가스집까지 유난히 세련되어 보이고 햇살은 더 반짝이고 세상이 우리 편 같았다.

설레며 데코를 하러 갔더니 얼마 전에 에세이를 낸 우리 시대의 히어로, 이적 옆자리였다. 어머 반가워라. 이적 아저씨의 의견은 묻지 않고 "이적도 우리 편이네." 하고 친한 척 끌어왔다. 책장 위쪽에 투명 아크릴판을 단단히 붙였다. SNS에 남자 둘이 올라가서 뛰어도 안 떨어지는 그 놀라운 초강력 접착 테이프, '붙여보게'로 말이다.

투명 실로 꽃을 살랑살랑 붙이니 예쁘고 뿌듯했다. "이거 어떻게 떼죠?" 하기 전까지는. 아이들이 매달릴 수 있으니 떼었으면 하는 연락을 받고 대표님이 다시 가 보니, 남자 어른 둘이 매달려도 꿈쩍도 안 한다고 했다. 그 광고는 진짜였다. 붙여 보라고 한다고 덥석 붙여 보면 안 되는 것이었다. 그건 이름에 100% 충실한 제품이었다. 붙여 보게 하는 기능은 있지만 떼어 내게 하는 기능은 없었다.

내 머릿속에 붙일 생각만 있고 뜯을 생각은 없었으니 누굴 탓하랴. 업체에 문의해 보니 물이 닿으면 떼어질 수도 있다고 했다. 물이 책장에만 스며들면? 떼어질 수도 있다는 것은 안 떼어질 수도 있다는 말 아닌가. 튤립의 꽃말에는 '배려'도 있었다.

그 책장 얼마일까, 그보다도 잘 쌓아 둔 관계가 무너져서 대표님께 손해를 끼치게 되면 어떡하지? 방방이 탄 아이처럼 이리저리 뛰던 심장이 수브레인 대표님의 침착함에 차츰 동화되었다. 여러 리스크를 함께 잘 감당해 왔던 관계라서 신뢰가 있었다. 제삼자가 더 객관적으로 볼 수 있으니 이리저리 연락해 보자고 했다. 그렇게 모은 의견들은 이랬다.

- 어떻게든 떼어 낼 수 있을 것이다. 간판 업체나 인테리어 업체는 할 수 있을 것이다.
- 안 보이는 위 칸이어서 떼어 내도 크게 문제 되지 않을 것이다.
- 담당자도 일을 크게 만들고 싶지는 않을 것이다. 공감하고 함께 해결하자고 소통하면 된다. 대안을 만들어서 제시해 보자.

다음 날, 오픈 시간이 되자마자 강남에 있는 간판 업체들에 전화했다. 강남 교보문고인지라 책장이 훼손되면 곤란하다며 다들 안 하려 했다. 비용 대비 리스크가 컸기 때문에 이해는 됐지만, 해결은 안 됐다. '일단은 가 보자.'라며 뚜렷한 대책 없이 일단 집을 나섰다. 배도 안 고팠다. 삼다수 여덟 병을 어깨에 짊어지고 가는 듯했다. 지하철 처음 칸에 탔더니 터널이 그날따라 깜깜했다.

현장에 도착한 나는 눈을 믿을 수 없었다. 아크릴판이 사라졌다. 누가 어떻게 떼었는지는 담당자도 몰랐지만 어떻든 떼어지게는 되어 있었나 보다. 이렇게 한 뼘 성장하고 귀한 에피소드를 저금했다며, 함께 잘 대처했다며, 우리는 드디어 웃을 수 있었다.

갑자기 기분 좋게 배가 고프고 다리가 삼다수 빈 병처럼 가벼웠다. 세상은 짠하고 먹구름 휘장을 걷은 듯 아름답게 펼쳐졌다. 한 달 옆집, 이적 아저씨의 〈걱정 말아요 그대〉 노래 가사가 귓가에 달달하게 맴돌았다.

그대여, 아무 걱정 하지 말아요. 우리 함께 노래합시다. 그대 아픈 기억들 모두 그대여, 그대 가슴에 깊이 묻어 버리고. 지나간 것은 지나간 대로 그런 의미가 있죠.

7
한 번 갈 일 네 번 간 덕분에, 조화
– 몰라도 달라 보이게

플라워 데코는 늘 가슴이 두근거리는 일이다. 행사에 온 사람들이 감탄하도록, 공간에서 피어난 듯 어우러지도록 하는 게 즐겁다. 꽃다발 꽃바구니보다 스케일이 크니 결과물이 뿌듯하고, 창의력이 많이 필요하기에 도전하는 기쁨도 있다.

데코가 필요한 행사는 대개 주말에 있다. 공간을 장식하는 것도 공간 사용 시간을 피해 이르거나 늦은 시간에 해야 한다. 워낙 데코 일을 좋아하기에 정기적으로 하고 싶었지만 웨딩, 돌잔치 일은 주말 근무 필수라 지원할 수 없었다.

그렇다면 다른 방법을 찾아보자, 라고 생각했을 때 조화 데코가 눈에 들어왔다. 시간의 한계를 극복할 수 있는 묘책이었다. 아직 요청이 오는 일은 아니었지만 준비해 두기로 했다. 폴더에 차곡차곡 마음에 드는 사진을 모았다.

나의 준비를 알고들 있었던 듯, 점차 조화 데코 일이 생겨났다. 1가지 결과물을 SNS에 올리면 "이런 것도 가능한가요?"라는 문의가 꼬리에 꼬리를 물고 이어졌다. 펜션이나 스튜디오, 카페를 운영하는 분, 신상품 촬영을 하려는 기업, 이사해서 새집을 꾸미는 분, 쇼핑몰을 운영하는 분, 아이 백일 사진을 찍으려는 분, 생일 데코 세트를 만들려는 유치원 선생님들, 어버이날 용돈 박스를 제작해서 공구하려는 인플루언서까지. 예상보다 폭넓었다.

조화를 이용하려는 분들은 대개 안목이 높다. 멋진 샘플 사진도 잘 찾아서 보여 주시니 내 안목도 덩달아 높아진다. 사람들이 어떤 스타일을 좋아하는지, 무엇을 원하는지 알게 된다. 자투리 시간에 만들 수 있고 일정 조율도 편했다.

예상보다 어려운 점도 있다. 조화는 한번 정해 두면 계속 쓸 것 같지만, 생각보다 빨리 단종된다. 유행도 변하고 업그레이드되기 때문이다. 크리스마스 시즌 상품만 가득해지는 10월이 되면 창고에 들어가서 사기가 어렵다. 여러 꽃의 조합으로 고민해 만들어 둔 작품을 계속 동일하게 만들 수가 없다. 시간이 지나면 다시 고심해야 한다. 하긴, 나란 사람은 했던 대로 안 하고 다시 디자인할 사람이긴 했다.

비슷비슷한 게 많으면 고민이 깊어진다. 한곳에 모아 두고 비교할 수 있다면 좋겠지만 파는 곳이 다르기에 그럴 수가 없다. 내게는 딱 보면 이거다 확신할 수 있는 타고난 감각이 없다. 남다른 패션 감각 없는 사람이 장바구니에 잔뜩 담고 오래 고민하듯, 사진으로 담고 비교한다. 조화 도매점 호수부터 찍어 둔다. 꽃은 크기를 가늠할 수 있게 주먹을 옆에 대거나 휴대폰과 꽃 사이의 거리를 동일하게 맞춰서 찍는다.

눈으로 보는 것과 사진으로 찍는 것은 다르다. 1가지를 고르기 위해 10가지를 비교한다. 메인이 되는 1가지를 정하고 나면 나머지 소재는 메인 옆에 대 보면 또 느낌이 다르다. 같은 소재는 사업자 할인이 좀 더 되는 가게를 찾는다. 예산 안에서 맞춰야 하니 덧셈도 바쁘다. 이렇게 발품을 팔면 시간이 오래 걸린다. 두세 번 가는 일도 잦다.

가장 시간을 들였던 데코는 스튜디오였다. 처음 컬러를 다 바꾸고 계속 보완하며 네 번을 가기도 했다. 소품 역시 직구해서 여느 스튜디오와도 차별점을 두었다. 다른 데코도 마찬가지였다. 유치원 생일 파티에 쓰는 케이크 트레이, 모형 케이크까지 국내에서 볼 수 없는 것으로 직구했다.

천을 좋아하는 취향도 도움이 됐다. 내 스마트스토어 상품 가운데 가장 잘 팔리는 상품은 촬영용 천이었다. 공장에서 자체 제작해서 판매했는데, 중국산과는 컬러와 결이 확실히 달랐다. 공간의 분위기에 맞게 천을 만들어서 사용할 수 있었다. 비슷한 컬러인 천이 여럿 있으면, 담당자에게 샘플을 보낸 후 선택하게 했다.

포장을 배웠던지라 편하고 예쁘게 조화를 보관할 수 있는 상자, 가방을 수월히 찾아냈다. 실패하지 않는 범위 내에서 제안한 후 고객의 취향을 반영하는 노하우도 늘었다. 생화와 비슷하게 데코 하면 되는 것과 완전히 다르게 해야 하는 것들을 점점 알게 됐다.

온정 어린 추억도 쌓였다. 펜션에 가던 날은 아이들도 데리고 오라고 하셔서 함께 갔다. 엄마가 일하는 동안 아이들은 신나게 뛰어놀고 시켜 주신 치킨과 피자를 든든히 먹었다.

유치원에 생일 축하 세트를 갖고 갈 때는 장맛비가 쏟아졌다. 큼직한 조화 센터피스와 화병 여럿, 모형 케이크, 트레이, 접시, 천, 화관, 부토니에, 가랜드, 천 등 짐이 많았다. 널찍한 천으로 만들어진 'HAPPY BIRTHDAY' 가랜드를 잘 다려서 걸 수 있도록 휴대용 다리미도 필수였다.

여름방학에도 비 오는 날도 선생님들은 아이들이 2학기에 더 사랑스러운 사진을 남길 수 있도록 준비하고 있었다. 나를 반겨 주셨다. 비에 홀딱 젖었다고, 수건을 내미셨다. 무려 수건. 종종 느끼곤 한다. 아이들을 대하는 선생님은 사람에 대한 배려가 도탑다고. 티슈와 수건의 두께와 질감 차이만큼이나 다른 행동이 배어 있다고. 돌아오는 동안도 수건의 감촉은 잊히지 않았다. 진짜 감동은 작은 것에 있다는 생각이 들었다. 모르는 것까지 다르게 하면 몰라도 달라 보이게 된다고.

지친 날에도 꽃이 말을 걸어왔다

8
블로그 리뷰 과하게 쓴 덕분에, 스위트피
─ 초보에서 운영자로

E 님과의 인연을 궁금해하는 사람들이 많다. 협업이 자주 일어나는 만큼 오래가기도 어려운 온라인 세상에서, 여럿도 아닌 둘이 4년 넘게 일하는 경우는 드물기 때문이다. 그동안 나에게 많은 칭찬과 조언을 해 주고 밥을 가장 자주 사 준 감사한 분이기도 하다. 이 시작에는 누군가 물어 올 때마다 다시 웃게 되는 이야기가 있다.

스마트스토어를 일단 시작은 했어도 고민이 많았다. 어떤 상품을 올려야 할지 어떻게 팔아야 할지 등등. 블로그를 통해 스마트스토어 강의를 알게 되었다. 스토어 초창기부터 9년째 운영 중인 분이라고 해서 믿음이 갔다. 강의 목차도 검색으로는 알기 어려운 것들이었다.

강의 시간, 오래 직접 해 본 분만이 알 수 있는 찐노하우와 뭐든 도와주고픈 언니 마음을 느꼈다. 첫 단추부터 다시 끼우면서 내 스토어도 오래오래 행복을 전하는 곳으로 만들고 싶어졌다. 어쩌면 나는 팁보다도 존재 이유가, 따스함이 고팠나 보다. 얼른 후기를 썼다. 후기를 남긴 사람 중 한 명에게 코칭을 해 주는 이벤트도 있었지만, 감사함을 표현하고 들은 것을 잘 간직하고 싶어서였다. 문제는 이 마음이 과했다는 것이다.

당시 내 블로그는 오는 사람 거의 없는 기록 공간이었다. 강의 내용을 그대로 요약해 올리는 것은 강사에게 예의가 아님을 모른 나는 참 꼼꼼히도 적었다. 단톡방에 링크를 올리자 강사님에게 연락이 왔다. 조심스럽고 부드러운 말투였다. 강의 후기를 '너무 잘' 적어 주셔서 '조금만' 수정해 줄 수 있는지 양해를 구하셨다. 편하지 않은 내용을 카톡으로 하는 말이 이렇게 따스할 수 있다는 것을 처음 알았다.

블로그 글을 얼른 비공개로 돌리고 수정해서 다시 올렸다. 강사님은 수정된 글이 정말 좋고 블로그를 보니 뭐든 해낼 사람 같다며 칭찬해 주셨다. 전화 코칭 이벤트 당첨자로 선정되었을 때는 로또 당첨과 둘 중 고른다면 이 코칭권을 고를 만큼 기뻤다. 그리고 그 마음은 지금도 그대로다. 아니, 더 진해졌다. 인생과 마음을 바꾸는 것은 돈보다 사람이기 때문이다.

그때나 지금이나 나는 참 구멍이 많은 사람이다(이것도 인간적인 매력이라고 당당히 주장하는 자존감이 세트로 주어져서 감사하다). 강사님에게 전화번호를 잘못 보낸 적이 있다. 강사님은 그 번호의 주인과 짧지 않게 진지하게 통화하셨다고. 그 실수를 떠올리면 지금도 함께 웃곤 한다. 그 강사님이 바로 E 님이다.

E 님이 하는 마케팅 브랜딩 스터디 프로젝트에 가장 초보 수강생으로 참여하기 시작했다. 많은 책을 깊이 읽고 적용하면서 혼자 읽을 때보다

단단하게 성장할 수 있었다. 그러다가 함께 운영하게 되고, 여러 프로젝트를 함께 하고 있다.

독서 모임, 콘텐츠 모임까지 30여 회차 운영하면서 한 번씩 적절한 범위와 역할을 고민하게 된다. 그럴 때면 떠올리는 꽃이 있다. '새출발, 아름다운 추억, 청춘의 기쁨, 섬세함, 은밀한 기쁨, 우아하고 아름다움.' 이렇게 고상한 꽃말을 다 가지고 있는 스위트피. 프릴처럼 하늘거리고 어느 꽃으로도 대체할 수 없는 자태를 보면 그럴 만하다. 달콤콩이라는 이름 뜻에 걸맞은 달콤한 과일 향도 한번 맡으면 또렷이 각인된다.

스위트피는 꽃다발과 꽃바구니 어디에 넣어도 어울린다. 꽃 얼굴이 크지 않고 줄기도 가늘어서 여러 송이 사이사이로 다른 꽃을 드러내 주기 때문이다. 작지만 확실한 존재감으로 두세 줄기만으로도 작품을 한층 고급스럽게 만든다. 컬러가 다양한 데다 채도가 낮거나 연한 컬러도 많고 살짝 투명해서 어떤 작품에도 어우러진다. 스위트피만 가득해도 기품 있다.

멤버들과 공동 운영자를 돋보이게 하고, 멤버들을 바꾸려 하지 않으면서 성장하게 돕는 운영자. 이렇게 스위트피 같은 역할을 하고 싶다. 은근하지만 섬세하고 분명하게. 의욕과 초심이 넘치는 입문자, 내게 배운 것을 실행하다 어려워하는 멤버를 보면 주저 없이 말한다. 꽃다발에 스위트피 끼워 넣듯. "노트북 들고 만나요!" 그러니 초보일수록 뭐라도 해 보자. 당신의 어설픔과 간절함이 누군가를 끌어당길 수도 있다.

지친 날이면 꽃이 말을 걸어왔다

Chapter 3

9

꽃만 하지 않은 덕분에, 브러싱 브라이드

– 대한민국 유일무이 아날로그 융합러

"언니! 정확히 하는 일이 뭐예요?"

친한 동생이 물었다. 순간 웃음이 터졌다. 그렇게 물을 만한 멀티 라이프를 살고 있었다. 꽃 수업, 플라워 데코 외에도 온라인 모임 운영, 캔바 강사까지.

모임 운영을 하다 보니 모집 피드, 나눠 주는 자료, 수료증 등 파일을 만들 일이 많았다. 조금이라도 더 감성 있게 만들기 위해 캔바로 공을 들이다 보니 어떻게 만드는지 궁금해하는 사람들이 생겼다. 사진 역시 정식으로 배우지는 않았어도 책으로 탐구하고 많이 찍는 동안 실력이 늘었다. 꽃 수업은 시간을 들여 직접 가야만 할 수 있어 좀 더 자유롭게 할 수 있는 일을 만들어 두고 싶기도 했다.

꽃 수업과 캔바 수업, 브랜딩 스터디 모임이 전혀 관련 없어 보이지만 내게는 서로 통한다. 수업 PPT와 자료, 이력서, 포트폴리오 등을 예쁘게 만들 수 있다. 강의 이름을 짓는 것도 마케팅 브랜딩 책을 함께 읽은 축적이 도움 된다. SNS를 통해 일과 사람의 범위가 계속 넓어진다.

획일적인 것을 좋아하지 않고 한 명 한 명의 매력이 드러나게 하려는 성향도 나만의 강점으로 살려 적용했다. 캔바 수업에서는 기능을 알려 주는 데 그치지 않고 각자의 니즈와 취향에 따라 쉽게 목표했던 파일을 나답게 만들어 내게 했다. 캔바는 디지털 파일로, 꽃은 살아 있는 아날로그 식물로 당신의 매력을 나타내게 하는 매개체였다.

온라인으로 안 되는 게 많지 않은 세상이지만, 오래가는 브랜드들은 굳이 오프라인 공간을 정성 들여 운영한다. 고객에게 오감 경험을 제공하여 각인시키기 위해서다. 온라인 모임에도 오프라인 요소가 있으면 멤버가 팬이 된다. 특히 책을 좋아하는 사람들은 감성과 아날로그의 멋을 안다. 디지털로 얼마든지 책을 읽을 수 있어도 굳이 서점에 가고 종이책을 애정한다.

내가 제공할 수 있는 아날로그는 첫째, 감성 택배다. 스마트스토어를 운영하며 쌓인 노하우와 포장을 배운 이력으로 뜯기 전부터 기분이 좋아지게 정성 들여 보낸다. 경험과 책의 힘을 아는 분들에게 드릴 수 있는 브랜드 경험이다. 온라인이나 편의점에서 보지 못했을 간식도 자주 넣는다. 작은 것에도 큰 감동을 줄 수 있는 힘이 있음을 믿기 때문이다.

무료로 이용할 수 있는 멋진 사진이 많지만 직접 찍은 사진으로 만들면 아날로그처럼 느껴진다. 휴대폰 배경 화면, PDF, 카드 뉴스 배경 파일을 계절 감성, 꽃 감성을 담아 나눈다.

듣기를 좋아하는 E인 나는 최고의 아날로그, 만남도 충전이다. 만남에서 누구에게나 건넬 수 있는 게 꽃이기도 하다. 오래된 친구도 온라인 세상을 모르면 내 일을 다 이해할 수는 없다. 같은 방향으로 가는 사람들만이 알아줄 수 있는 고민이 있기에 온라인에서 다 나눌 수 없었던 부대낌을 공감하며 깊어진다. 그렇게 서로 장기적인 안목을 갖게 하고 꾸준히 해내게 하며 도반이 되어 간다.

꽃말이 아날로그와 디지털 같은 꽃이 있다. 아련한 그리움, 뛰어난 지식. 시각과 후각이 매력인 꽃들 사이에서 촉각으로도 사로잡아 오감의 아날로그 경험을 준다. 솜털처럼 보송보송하게 만질 수 있기 때문이다. 이 무해한 순연함에 손끝이 파묻히면 마음까지 보드라워진다. 감성과 위로를 전하고 싶을 때 만져 보라며 보내곤 하는데 꽤 효과가 있다. 볼터치 한 신부라는 뜻의 '브러싱 브라이드'. 융합을 구현한 듯한 이 꽃의 이름이다.

▲

자정 넘어서면 꽃이 말을 걸어왔다

꽃 닮은 사람들과 함께하는 마인드
– 인생 곱셈 내 편으로 만들기

사람들과의 관계에서, 일에서 우리는 계속 쌓아 간다. 나는 이 과정을 '더하기'라고 생각한다. 노력한 만큼을 정직하게 더해서 결과가 나온다면 얼마나 좋을까? 아쉽게도 결과는 노력의 합계와 일치하지 않는다. 미지의 변수가 곱해지기 때문이다. '0'이 곱해져서 0이 되어 버릴 수도 있다. 마이너스가 곱해질지도 모른다. 큰 행운의 숫자가 기다릴 수도 있다. 그건 내 영역이 아니다.

물론 더해 놓은 과정이 많으면 큰 숫자가 곱해질 확률은 높아질 수 있다. 노력을 많이 한 사람들은 좋은 기회가 들어올 가능성 역시 커지기 때문이다. 그래서 꾸준한 노력으로 성공한 사람들은 운이 좋았다고들 말한다. 대다수의 사람은 언젠가 괜찮은 변수가 곱해지리라 기대하며 살아간다.

사람들에게 진심으로 대하는데 다 알아 주지 않을 수 있다. 최선을 다했지만 잘 안될 수 있다. 나도 이런 질문을 많이 받았다.

"늘 그렇게 사람들에게 진심을 다하는데, 알아주는 사람은 정말 적지 않아요?"

"여러 가지 일을 열심히 하다 보면 지치지 않아요?"

나는 대답한다. 내 인생의 곱하기에는 마이너스보다 플러스가 많았다고, 그러니 마이너스 좀 있어도 괜찮다고. 특히 사람에게는 내가 준 것보다 훨씬 많은 것을 받으며 살아왔다. 만석꾼처럼 욕심이 없어졌다. 그러니 마음 곳간을 열어 자꾸 플러스가 안 곱해지는 사람에게 나눠 주는 게 어렵게 비워내는 일이 아니다. 받은 것을 주는 순환이랄까. 게다가 비워지기 전에 다시 채워진다.

마이너스도 생각하기에 따라 플러스로 바꿀 수도 있다. 시간과 돈을 들여 배웠는데 전혀 쓰지 못하는 것들을 생각해 보자. 0이나 마이너스라고 느낄 수 있지만 적어도 3가지 플러스가 숨어 있다.

첫째, 경험이 쌓였다. 해 봐야 알게 된다. 내가 진짜 뭘 좋아하고 싫어하는지, 뭘 잘하고 못하는지, 어떤 걸 어떻게 배워야 하는지. 여러 공예를 배우면서 나는 내가 한 땀 한 땀을 싫어하는 사람이라는 것을 명확히 알게 되었다. 내 기준으로는 내가 하든 남이 하든 결과물이 비슷한 것도 매력이 없었다. 이 기준은 해 봐야만 알 수 있는 것이었다. 덕분에 꽃에 더 큰 확신을 가질 수 있었다.

둘째, 지속하는 관성을 잃지 않는다. 배움의 자리는 한 번 떠나면 유턴이 어려워진다. 새로운 시도를 하려는 마음도 성장하려는 마음도 머무름 안에서 성장한다.

배우면서 만난 인연들 역시 자산이다. 당신에게 배우지 말라고 하는 사람들보다 더 긍정적인 영향을 줄 확률이 높다. 격려, 응원뿐 아니라 현실적인 조언까지도. 강의 결제 전, 배움에 열심인 사람들이 말려서 하지 않았던 것은 옳았다. 나중에 생각해 보면 내게 진짜 필요한 것이 아니라 좋아 보여서 하려는 것이었다.

셋째, 돈 주고 살 수 없는 스토리가 남는다. 내가 만일 원예 전공하고 외국 가서 배우고 바로 꽃 일을 했다면? 더 이상 궁금할 게 없는 삶이었을 수 있다. 헛배움도 있는 사람은 더 친근하게 느껴진다.

그러니 무언가 배우고 시도하는 모든 사람은 '이게 나중에 쓰일까, 도움 될까?' 고민하느라 에너지를 소비하지 않아도 된다. 그저 그 자리에 있는 것만으로도 플러스다. 곱셈을 내 편으로 만들면 인생이 단순하고 살아 볼 만해진다.

162

지친 날이면 꽃이 말을 걸어왔다

작은 도움을 주고픈 마음
– 고객의 마음을 구현하는 방법

델피늄은 몽우리가 돌고래(돌핀)처럼 생겨서 붙여진 이름이다. 진한 파랑, 연한 파랑, 화이트, 핑크, 보라색으로 컬러가 다양하다. 그런데 몽우리일 때는 화이트에 가까울 만큼 여리여리한 연둣빛이라 꽃 색을 짐작하기 어렵다. 조금씩 피어나면서 마치 안쪽에서부터 물드는 듯 색이 서서히 보이는 대기만성형이다.

꽃잎은 "투명도 40%에 최대한 얇게 만들어 주세요."라고 주문 제작한 듯하다. 이렇게 투명한 꽃잎은 다른 꽃 위에 써도 아래에 있는 꽃을 완전히 가리지 않은 느낌으로 여유로워 보인다. 꽃을 조합할 때, 불투명도 100%인 꽃보다 훨씬 난이도가 낮다. 어느 집이나 가게에나 무난한 아이템인 비치는 시폰 커튼처럼. 꽃잎 모양도 끝부분만 뾰족해서 귀여우면서도 우아하고, 꽃 얼굴 크기가 동전만 해서 튀지 않는다.

줄기가 가느다랗고 너무 구불구불하지 않아서 꽃다발에도 꽃바구니에도 포인트로 살짝살짝 넣기 좋다. 줄기가 가느다랗고 꽃잎이 얇은 꽃들이 대부분 그렇듯 꽃이 오래가지는 않지만, 의외로 몽우리가 다 피어난다.

델피늄처럼 일하자, 라고 생각하곤 한다. 먼저 잘 들어서 마음을 읽고 그대로 구현한 후 나의 컬러는 천천히 드러내려 한다. 문제는 의뢰한 분도 무엇을 원하는지 잘 모른다는 점이다.

풍선이나 페이퍼 데코처럼 1년 내내 같은 재료를 쓸 수 있는 공예라면 몇 가지 견본을 보여 드리고 그대로 해 드릴 수 있겠지만, 생화는 매주 바뀐다. 만약을 대비해서 재료를 더 사 두는 데도 한계가 있다. 꽃 시장은 오전에만 오픈하니 오후에 수정이 필요하면 난감해지기도 한다. 꽃이 아니어도, 업종과 규모가 달라도 다들 비슷한 고민을 하며 실력을 키우고 있지 않을까.

고객이 원하는 결과물을 읽어내는 내 나름의 노하우 첫 번째는 평소에 많이 저장해 두는 것이다. 내 작품의 결과물뿐만 아니라 과정, 꽃 종류마다 사진도 남겨 두면 조합을 새롭게 짜서 제안하기에 좋다. 짬이 날 때면 핀터레스트나 인스타에서 다양한 작품을 찾아서 저장한다. 이때 내 취향과 다른 작품도 많이 저장하고, 폴더는 너무 많이 만들지 않는다. 카테고리가 다른 조합 사이에서도 아이디어가 나올 수 있기 때문이다.

이런 보물창고가 있으면 여러 옵션을 제안할 수 있다. 요즘은 내가 저장한 것보다 더 트렌디하고 화려한 샘플 사진을 보내는 고객이 꽤 많다. 문제는 예산이다. 예산과 눈높이의 차이가 너무 커서 깜짝 놀랄 때가 종종 있다.

아직 우리나라는 꽃장식은 서비스라고 여기고, 예산 자체가 구분되지 않기도 한다. 예산도 100% 꽃값에 써야 한다고 생각한다. 사용한 꽃과 부자재를 달라고 하기도 하고 당연한 권리인 듯 가져가는 분도 있다. 꽃 가위를 말없이 챙겨 가실 때는 무척 당황스러웠다.

어떻게 하면 인건비, 교통비, 세금을 남기면서 고객을 만족시킬 수 있을까? 그래서 가심비 좋은 작품을 저장해 둔다. 부자재가 새로 나올 때마다 가격과 함께 찍어 두면 둘러보고 찾아보는 시간이 줄어든다. 효과는 비슷한데 가격은 다른 꽃과 부자재의 리스트를 만들어 둔다. 이렇게 해둬도 꽃도 매번 바뀌고 부자재도 단종과 업데이트가 빠르기에 늘 최신 정보를 알고 있어야 한다.

두 번째 노하우는 지금 하는 일의 범위를 벗어나는 축적이다. 규모와 예산. 내 현재 능력으로는 들어오지 않을 대규모나 고예산 작업도 자주 감상하고 저장해 둔다. 기본은 비슷하고 인사이트를 얻어 나의 규모에서 도 적용할 수 있기 때문이다.

더 중요한 건, 나도 언젠가 할 수 있다는 믿음이다. '어떤 작업이 들어 와도 미리 저장해 둔 사진을 기반으로 단시간에 제안할 수 있도록'이 나의 기준이다. 원하는 분위기와 컬러가 고객마다 다르고, 예산이 적은 고 객이라고 해서 덜 풍성하게 할 수 없는 건 호텔이나 대형 웨딩홀도 마찬가지라고 한다.

축적의 범위는 내 일의 범주도 뛰어넘어야 한다. 미술관, 핫한 장소들에 자주 가는 이유이다. 더 자주 미적 감각을 높일 수 있는 장소는 바로 도서관이다. 도서관에 갈 때마다 미술, 사진, 인테리어, 디자인 계열의 잡지를 펼쳐 보는 것. 밀리의 서재에 디자인 잡지도 있다는 것을 아는 사람은 많지 않다. 디자인과 사진 잡지가 안목을 높여 준다.

작업일 1~2일 후까지 다른 일을 세팅해 두지 않는 것은 세 번째 노하우이다. 사전에 조율해도, 같은 꽃도 공간마다 아주 달라 보이기 때문에 생각했던 그림과 다를 수 있다. 장소에 미리 가 볼 수 없는 경우도 많고, 담당자가 보내 주는 장소 사진은 대개 부분만 담고 있고 실제의 느낌과 다르다.

그러니 여러 번 수정할 수 있다고 미리 생각해야 한다. 고객의 평가에는 내가 한 번에 뚝딱 해낸 결과물 못지않게 기꺼이 반영하고 정성을 다한 태도 또한 포함된다. 감사하게도 말이다.

제일 중요한 건, 이 모든 과정이 나를 성장시키는 기회와 근간이 된다는 마음가짐이다. 예산과 상황이 갖춰졌을 때 잘하는 건 누구나 할 수 있으니, 나는 아무나 할 수 없는 걸 하자는 다짐. 내 진심과 노력을 콘텐츠로 남기면 나만의 팬이 생기고 기회가 생긴다.

지친 날이면 꽃이 많음 걸어왔다

무엇을 나눌까_열매를 남길 때

꽃과 함께 남겨 둔 진심은

결코 시들지 않을 거라고

1
앨리스의 시간, 포인세티아
– 신나서 일하게 하는 상상력

충북 단양 고수동굴 관리사무소에서 전화가 왔다.

"포인세티아 꽃다발을 부케처럼 만들어 줄 수 있을까요?"

내 스토어 상품 중 포인세티아 꽃다발을 보고 연락을 했다고 한다. 조금… 아니, 꽤 신이 났다. 상상력이 몽글몽글 피어올랐기 때문이다. 작가들이 책을 쓸 때 구체적인 독자를 떠올리면 글이 잘 써진다고 하듯, 나도 꽃 작품을 만들 때 누군가 들고 있는 장면을 떠올린다.

그러다가도 오늘 할 일을 생각하니 잠시 고민에 빠진다. 문화센터에서 수업하고 왔고 밤에 할 온라인 강의 교안도 점검해야 한다. 하지만 상상력이 나를 등 떠민다. 얼른 만들고 싶어 손이 근질근질하다. 그래, 빨리 하자. 지키기 어려운 약속을 해 본다.

고수동굴에는 아무래도 나이 조금 있는 분들이 많이 오실 텐데…. 아, 얼마 전 자라섬에서 만난 세 쌍의 중년 부부. 그래, 그분들로 상상하면 딱 좋겠다. 코로나 때문에 사진 찍어 달라는 부탁도 어려운 때, 먼저 찍어 주겠다고 하신 고마운 분들이었다. 게다가 다음 포토존에서 다시 마주치자 반가워하며 또 찍어 주셨다. 연신 하하 호호 즐거워하셨던 그분들이 고수동굴에 가시면?

> 아내 1 : 지선 엄마, 여기 서서 꽃 들어 봐. 사진 찍어 줄게.
> 아내 2 : 아유, 뭘~.
> 남편 2 : 이런 때 아니면 언제 꽃 들어 본다고 그래. 얼른 들어.
> 아내 3 : 찰칵! 예쁘구먼~. 새색시 됐네!
> 아내 2 : 그래? 이거 파는 건가?
> 남편 1 : 팔긴 뭘 팔아? 지선 아빠, 아무래도 가다가 지선 엄마 꽃 좀 사
>   줘야겠구먼?

이런 상상에 피식 웃음이 나온다.

장미도 몇 송이 튀지 않게 넣었다. 크기가 너무 큰가? 작은가? 몇 번을 거울에 비춰 본다. 이왕이면 원피스를 입고 찍어 볼까? 음…. 동굴에 연인은 잘 안 오겠지만 곧 크리스마스니까 빨간 원피스를 입고 올까? 이래서 갑자기 꺼내 입은 빨간 원피스. 귀찮아하는 아드님을 꼬드겨 사진을 찍어 본다.

설마 구두는 안 신고 오겠지? 얼마 안 된 연인이면 여리여리 생머리 그녀는 뾰족구두 신고 발 아픈 티도 못 낼 것 같긴 하다. 센스 있는 남자 친

구여서 조금만 돌아보고 커피 마시며 쉬자고 했으면 좋겠다. 어쩌면 뽀얀 피부에 부케가 잘 어울리는 그녀 사진을 보고 몰래 웨딩드레스를 떠올릴까. 이런 조합이면 진짜 부케로 이어질 듯, 괜스레 덩달아 설렌다.

여러 사람이 다루면 분명 리본도 삐뚤어지고 포인세티아도 빠질 거야. 글루건을 티 안 나게 살살 묻혀 고정한다. 보관할 만한 상자가 없겠지 하고 부케 상자에 고이 담았다. 이 모든 게 다 있다니, 디테일 장인이란 역시 맥시멈 라이프의 또 다른 표현이다.

이만치 정성을 들이면 조금 부풀려서 입양 보내는 기분이 든다.

'예쁘네, 잘 가서 사진을 빛내 주렴.'

택배 상자에 취급 주의 스티커를 붙여 내어놓고 현관문을 닫으니 현실로 돌아온 앨리스가 된 듯하다. 멋진 표현으로 1인 기업가, 현실적인 단어로 나 홀로 일하는 사람에게 이 앨리스 마법을 추천한다. 택배로 일하는 건 내 수고로 달라지는 사람들의 표정을 보기 어려워 기계적으로 일하기 쉽다. 그럴 때 이런 조그만 상상력 한 스푼이 내 일에 의미를 부여하는 마법이 된다. 그들의 표정을 상상하면 내 얼굴도 환해진다.

그러니 누군가 보지 않는 작업에도 내 일의 기쁨이 있다. 어쩌면 일상의 명도를 탄탄히 올리는 건 그 시간일지도 모른다. 사람들은 내가 클래스 할 때, 주문받은 작품을 건네줄 때 참 좋겠다고 말한다. 물론 꽃으로 대면할 때 상대방에게서 몽글몽글 피어오르는 행복에 전염된다. 하지만 비대면의 순간에도 상상력은 나를 행복과 대면시킨다.

크리스마스가 다가오고 있다는 걸 알리는 포인세티아. 그 자체로 설렘인 식물이다. 꽃말도 '축복'이다. 카페 사장님이라면 바깥이나 입구에 두고 싶겠지만 의외로 추위에 약하니 실내에 두어야 한다. 드러나지 않아도 행복하다는 듯이.

그나저나 부케 손잡이 부분과 리본이 포인트인데…. 그 사진을 못 찍었다. 혹시 고수동굴에 가면 잘 쓰이고 있는지, 살짝 제보해 주시길.

2
후각이 기억을 지배한다, 아카시아
– 삶을 재해석하는 클래스

"어렸을 때 이사를 갔어요. 더 외진 곳이고 버스를 한 정거장 타야 해서 참 싫었어요. 그런데 그 길에 아카시아가 피어 있었어요. 창문을 열면 불어오는 향기가 정말 좋았죠. 그래서 그 시절을 생각하면 아카시아 향기가 가장 먼저 생각이 나요. 다른 건 다 불편했는데도 행복하게 기억돼요."

수업 전에 잠시 대화 나누는 시간을 애정한다. 이 시간을 확보하기 위해 종료 시각을 넘기지 않도록 꼼꼼하게 준비하고 일찍 간다. 수강생들은 10가지 질문 중에 골라서 짧게 답하면 되고, 패스권도 있다. 나 역시 그저 조용히 있다 오고 싶을 때가 있으니까.

"꽃이 생각나는 추억이 있나요?"

이 질문에 한 수강생의 답은 오래도록 기억에 남는다. 나 역시 지나온 시기를 그 시기마다 함께했던 꽃으로 기억하기에 이렇게 말하곤 한다.

"혹시 위로가 필요한 분이 계시면 집에 가져가셔서 가까이 두고 자주 향을 맡아보세요. 이 시기가 그 향기로 기억될지도 몰라요."

인생은 찰흙 같다. 어떤 사건이 틀처럼 찍히기도 하고 시간이 지나면 굳어져 모양을 바꿀 수가 없다. 마음이 어리고 여렸을 때 남긴 결과물들은 외면하고 싶다. 터널을 지나온 인생이란 찰흙은 길고 단단하고 울퉁불퉁하다. 이걸 어디 쓰나 싶을 때, 마음 뼈대 삼아 다른 것을 덧붙이면 어떨까. 후각으로 덮을 수도 있고, 꽃병을 만들어 꽃을 꽂아 둘 수도 있다. 처음부터 달항아리처럼 매끈했으면 멋지겠지만 업사이클링도 괜찮다.

꽃이 시들고 향기는 사라져도 꽃 수업의 기억은 사람들 마음에 피어 있게 하고 싶어서 시를 읽어 준다. "꽃 한번 꽂아 보려고 왔다가 영혼까지 채워져서 가요."라고들 하실 때 내 마음도 채워진다.

수강생들이 무척 좋아하는 시 중 하나는 「나는 배웠다」이다. 삶을 재해석하게 하는 깊이가 있다. 이 시를 쓴 마야 안젤루는 1928년 미국에서 태어났다. 당시 미국에서 흑인은 법의 영역 밖에 살았기에 아파도 치료를 받지 못한 것은 물론, 무차별 살해도 잦았다고 한다.

세 살 때 부모님이 이혼하면서 할머니 댁에서 자랐고, 다시 어머니와 살게 된 일곱 살 때 어머니의 남자 친구에게 성폭행을 당했다. 가해자는 안젤루의 삼촌들에게 죽임당한다. 자신의 말 때문에 사람이 죽었다는 충격 때문에 안젤루는 5년 동안 실어증에 갇힌다.

이때 이웃에 사는 교사였던 플라워스(Flowers) 부인이 안젤루를 도서관으로 데려가 책을 가까이하게 했다. 안젤루는 문학의 힘으로 다시 말하게 된다. 열일곱 살에 미혼모가 되지만 전차 차장, 트럭 운전사, 자동차 정비 등 많은 일들을 하며 아들을 키워 냈다. 그러면서도 배우, 무용수의 꿈을 이뤄 전 세계를 여행했다. 그녀는 마틴 루터킹과 함께 인권 운동을 했다. 『새장에 갇힌 새가 왜 노래하는지 나는 아네』라는 자전적 소설과 많은 작품으로 현재까지 영향을 미치는 작가이기도 하다. 오프라 윈프리와 미셸 오바마의 멘토라는 굵직함이 아니더라도 모래 덤불에 피어난 꽃 같은 삶과 시를 들려준다.

최고령 수강생분은 이 시에서 가장 마음에 드는 부분이 '나는 배웠다. 내가 여전히 배워야 할 게 많다는 것을.'이라고 하셨다. 6 · 25 때 고생 많았다며, 오래 살다 보니 꽃을 다 꽂아 본다며 "호강하네, 호강해." 하고 풀꽃처럼 웃으시는 귀여운 분이다.

"선생님은 늘 시를 읽어 주셔서 좋더라고요."

…라며, 큰 글씨로 색지에 프린트해 드린 시를 소중히 챙겨 가신다. 나는 나눠 주신 그 사랑스럽고 소박한 감사를 챙겨 간다. 가져가서 먹으라며 가방에 쏙 넣어 주시는 간식까지도.

내가 가장 좋아하는 구절은 마지막 구절이다.

나는 배웠다. 사람들은 당신이 한 말, 당신이 한 행동은 잊지만 당신이 그들에게 어떻게 느끼게 했는가는 결코 잊지 않는다는 것을.

읽을수록 용기가 난다. 내 말은 희미해져도 내가 꽃과 함께 남겨 둔 진심은 결코 시들지 않을 거라고. 플라워스 부인 같은 존재가 되고 싶다고. 나 역시 그분들이 한 말은 잊어도, 지난 시간에 만든 바구니를 선생님 다시 쓰시라고 가져오신 마음은 오래도록 기억할 것이다.

3
나 하나쯤은, 동백
– 이기적인 협업 마인드

꽃이 부러운 게 2가지 있다. 얼굴이 클수록 좋아들 하고 늦게 필수록 위로된다는 소리를 듣는다. 특히 동백꽃은 겨울에 핀다는 사실만으로도 풍족히 사랑받는다. 기다리고 기다려서 나의 때에 피어나는 것, 그 모습만으로도 많은 사람에게 위안을 줄 수 있음을 증명한다. 벌과 나비가 없는 계절인데 동백꽃은 어떻게 꽃가루를 옮길까?

벌과 나비가 없으니 불가능하다고 하는 대신, 동백꽃은 3가지 선택을 했다. 새를 불러들이기 좋은 빛깔, 새가 수정하기 편한 모양, 동박새에게 꿀을 주면서 공생하는 관계. 이 선택을 통해 사람들에게까지 겨울에 소망과 행복을 주는 유일무이하고 매력적인 꽃이 되었다. 흔한 텃새인 동박새는 동백꿀을 가장 좋아해서 동백나무가 많은 곳에 산다. 내가 동백이가 되면 동박이가 모인다.

드라마 〈동백꽃 필 무렵〉에서 동백이는 이렇게 말한다.

"사람들이 막 사는 게 징글징글할 때 술 마시러 오잖아요. 만사 다 짜증 나고 지쳐 있잖아요. 그래서 나는 웬만하면 사람들한테 다정하고 싶어요. 다정은 공짜니까. 그냥 서로 좀 친절해도 되잖아요."

꽃을 손으로 만져 보려고 오는 사람들도 사실은 다정함에 마음이 닿고 싶겠지. 그러니 뭐라도 더 해 주고 싶다. 좀 더 좋고 다양한 재료를 주고 싶다. 약속이 있으면 가능한 한 꽃을 꼭 가지고 간다.

드라마에서 동백이를 지켜 주려는 사람들이 하나둘 생겼듯 내 주변에도 한꽃지킴이를 자처하는 사람들이 있다. '한껏 퍼 줌'이라는 애칭, 남는 게 없을 것 같다는 그들의 걱정, 똑 부러지는 지인들에 대한 동경, 나도 좀 바뀌어야 할 텐데 하는 불안감 사이를 오래 표류했다. 그러다 이기적으로 정박해 버렸다. 팍팍한 세상에서 나 하나쯤은 마음 편히 퍼 주며 살겠다는 다짐으로.

동백꽃처럼 선택했다. 나를 뜯어고치려는 대신 나답게 살면서 조금씩 지혜로움을 배우기로. 손해 볼까 봐 불안해하고 손해 안 볼 일만 고르는 대신 손해 좀 봐도 괜찮다며 하고 싶은 일을 고르기로. 이 선택 덕분에 의외의 이득을 만났다. 기회와 성장, 자존감과 자신감.

첫째는 기회와 성장이었다. 세상에 선한 사람만 있다고 생각할 해맑은 나이는 한참 지났다. 벼랑 끝에 선 사람을 밀어내는 사람들, 가진 것 없다고 함부로 대하고 없는 것마저 가져가려는 사람들을 어디에서나 만나다 보니 자주 심장이 덜컹거린다. 하지만 일을 하며 다양한 사람들을 만나 보니 그보다 더 놀라운 사람들이 숨어 있었다.

"같이 일을 해 보면 딱 받은 만큼, 해야 하는 만큼만 하려는 사람이 대부분이거든요. 한꽃 님은 그 이상 뭐라도 더 해 주려는 사람이더라고요. 그런 사람 많지 않아서 꼭 나도 무엇이든 더 주고 싶어요."

"계산 잘 못 하는 사람이죠? 일이라서 하지 않고 진짜 좋아서 하는 사람은 눈에 보여요. 아무도 안 보고 있는 것 같지만 다 보고 있어요. 다 보여요. 티가 나요. 저처럼 나이 있는 사람은 이런 사람을 보면 뭘 해 줄 게 없을까 생각하게 돼요."

더딘 내 곁에 다가온 동박새 같은 사람들. 적외선탐지기처럼 마음의 온도를 감지하는 사람들. 누구나 이렇게 생각한다면 세상에는 낫낫하게 살고 싶은 사람이 훨씬 많겠지. 하지만 숫자나 비율은 중요하지 않다. 한 송이 동백꽃에는 한 마리 동박새로 충분하니까.

이런 사람들이 내게 기회라는 선물을 주었다. 한 번 협업한 사람들은 다음에도 하고 싶어 했다. 점차 협업이 늘어가자 기회는 더 많아졌다. 다양한 일을 할 수 있는 사람, 협업을 좋아하는 사람이라는 인식이 생겼기 때문이었다. 사람들은 가장 잘하는 전문가보다 자기에게 귀 기울여 주고 자신의 니즈를 잘 반영해 줄 전문가를 찾는다는 사실도 알게 되었다.

1 친절하고 부드러운 태도로 사람을 대함. 사물의 감촉이 몹시 연하고 부드러움.

다양한 협업은 나를 여러 방면으로 성장시켰다. 함께 일하고 나면 나는 그 사람에게 배울 점, 내게 적용할 점을 정리했다. 협업마다 필요한 스킬이 다르니 다양한 스킬이 늘 수밖에 없었다. 다채로운 사람들과 함께하는 노하우도 쌓였다.

인생의 어느 과목에서 타고난 점수가 10점이라면? 50점만 되어도 잘했다 셀프 칭찬하고 다른 잘하는 과목에 집중하는 게 이득이다. 70을 90 만드는 것보다 10을 50 만드는 게 어렵기 때문이다. 더 자신감 있는 내가 될 수도 있고 남에게도 그런 모습이 더 매력 있지 않을까? 부족한 부분은 협업으로 충분히 메워질 수 있다.

꾸준히 성장하고 있다고 생각하던 나는 어느 순간, 성장의 기초 과목을 재수강해야 한다고 느꼈다. '나를 있는 그대로 사랑하며 품기'였다. 일을 통해 드러난 나는 일상에서 인식하던 나보다 커서, 더 너른 품이 필요했다.

일을 하면서 일이 아니었으면 몰랐을 나를 더 알게 되었다. 결혼 준비와 집안일을 통해 연애 때는 몰랐던 그 사람의 이모저모를 알게 되듯 말이다. 그렇게 알게 된 나는 내 마음에 들기도 하고 안 들기도 했다.

말을 잘하지 못한다는 것을 알고 있기에 미리 다 쓰고 열심히 연습해도 실전에서는 실수하곤 했다. 내게는 연습의 양보다 자신감과 편안함이 중요하다는 것을 깨달았다. 나를 믿어 주었더니 더 잘할 수 있었다. 눈치가 둔한 사람이라 혹시 행간을 읽지 못하지는 않았을까 싶어서 묻고 확인하고 다시 생각해 보곤 했다. 의외로 사람들은 뛰어난 눈치 못지않게 이런 노력을 높이 산다는 게 신기했다.

프리랜서로 일하다 보면 스스로를 을로 여기는 경우도 많다. 특히 교육 담당자와의 관계에서 필요 이상으로 작아지는 내 모습을 발견했다. 그런데 기업 교육 담당자로 오래 일할 때를 생각해 보면, 나는 전문성을 지닌 강사를 존중하고 존경했었다. 그분이 나를 대하는 태도에 특별한 문제가 있지 않은 이상, 회사와 수강생이 원하는 결과를 끌어내느냐가 중요했다. 나를 대하는 담당자들도 마찬가지 아닐까 생각하기 시작했다.

관계가 좋다고 꼭 다시 부를 수 있는 것도 아니었고, 만족도가 높으면 다시 기회가 오기도 했다. 내 스토어에서 담당자들은 사실 결제만 하면 될 뿐, 전혀 리뷰를 남길 필요가 없다. 나 잘하고 있을까 싶을 때면, 담당자가 정성스럽게 남겨 준 리뷰가 응원이 되었다.

'높은 퀄리티의 꽃으로 완벽한 클래스 진행해 주셔서 감사합니다. 차근차근 친절히 설명해 주시고 꽃 관리 방법도 같이 알려 주셔서 오랫동안 유지할 수 있어 좋았습니다. 수업 후엔 인생 사진도 찍어 주시고 수업 만족도도 최상입니다!'

결국 나는 일을 통해 내가 더 좋아졌다. 고백하자면, 10년 가까이, 한 번씩 같은 악몽을 꿨다. 회사에서 일하고 있는데 아무리 노력해도 내가 일을 너무 못하는 꿈이었다. 어느 순간부터 그 꿈을 꾸지 않고 있다. 자존감은 존재 자체로 가치 있다는 확신이고 자신감은 잘 해낼 수 있다는 믿음이라고 한다. 2가지 모두 높아지는 경험이 쌓여 갔다. 일을 하길 정말 잘했다.

"성공이란 자신을 좋아하는 것이며, 자신이 하는 것을 좋아하는 것이며, 그것을 하는 방법을 좋아하는 것이다." - 마야 안젤루

4

반 고흐는 꽃을 잘 꽂았다, 해바라기

– 나의 무기는 스토리

파란 원피스를 샀다. 이걸 새파란이라 해야 하나, 진파랑이라 해야 하나 고민하다가 비비드 반 고흐 파랑이라고 하자 싶다. 무난한 하늘색이나 남색은 많아도 이런 파란색 원피스는 은근히 찾기 어려웠다. 같은 브랜드의 동일한 사이즈보다 몸에 딱 붙어서 계단 오르기까지 평소보다 더했다.

꽃과 함께 갈 때, 나는 초대한 사람이 가장 좋아할 만한 옷으로 입고 가려 한다. 기업은 고급스럽게, 기관은 포멀하게, 북 토크는 작가님 책 컬러나 좋아하는 취향으로, 클래스는 꽃 컬러나 계절감에 맞춰서. '나는 꽃외의 것으로도 컬러와 느낌을 전하고 싶습니다, 당신을 존중합니다, 이 시간과 공간을 특별하게 기억되도록 하고 싶습니다.'라는 의미이다.

내가 레드, 화이트, 그린, 보라 원피스를 갖춰 놓는 이유이다. 팁을 공유하자면, 무늬가 없는 단색 원피스는 사진이 가장 깔끔하고 또렷하게 잘 나온다. 휴대폰으로 보는 인스타 화면은 작기 때문에 더욱 그렇다. 신경 써서 입은 느낌도 들고 각인되기도 쉽다. 카디건을 활용하면 여름 원피스를 가을까지, 가을 원피스를 겨울까지 활용할 수 있어서 생각보다 많이 필요하지 않다.

이번 행사는 '반 고흐와 함께하는 여름밤'이었다. 나는 3부, 해바라기 꽃다발 만들기 미니 클래스를 맡게 되었다. 그냥 파란 포장지를 써도 되겠지만, 반 고흐의 그림이 그려진 포장지를 직구했다. 해바라기는 꽃 시장에 끊이지 않고 나오기는 하지만, 다양하고 명화에 가까운 해바라기를 공수하기 위해 몇 번이나 가고 확인했다.

여름밤, 압구정의 통창 카페로 반 고흐를 사랑하는 사람들이 모여들었다. 1부는 반 고흐 전문 강사님의 감탄을 자아내는 반 고흐 이야기, 2부는 반 고흐 '찐팬'인 국내 탑 레고 아티스트님의 작품 소개와 덕후 이야기. 쟁쟁한 분들이 지나간 자리에 섰다.

오래되고 깊은 열정에 한껏 전염된 사람들의 눈빛이 호기심에 반짝거리며 모아졌다. 떨리지 않았다. 파랗게 웃었다. 늘 그렇듯 내게는 든든한 백, 꽃이 있으니까. 또 하나의 무기, 지구에서 나만 할 수 있는 이야기까지.

"해바라기 꽃다발을 만들기 전에, 플로리스트 관점에서 반 고흐의 해바라기 그림을 분석해 볼게요! 반 고흐가 잘 그린 거야 말할 것도 없지만, 그 전에 꽃을 정말 잘 꽂았어요! 저는 이 그림을 보고 '어머, 반 고흐는 꽃 꽂는 법을 배웠나?'라고 생각했답니다.

우선, 플로랄 폼에 꽂은 것도 아닌데 꽃이 앞으로 쏠리지 않게 꽃 사이사이에 공간을 충분히 줬어요. 앞에서 보고 그렸지만, 위에서 보면 이 꽃 꽂이는 원에 가까울 거예요. 플로리스트는 꽃을 꽂은 정물화를 보면 360도로 상상해 보거든요. 여러분도 해 보시면 즐거울 거예요!

인테리어와 공예에서 3은 마법의 숫자라는 것, 아시나요? 우리 눈이 짝수는 나도 모르게 나누려 해서 홀수여야 내추럴하다고 느낀대요. 이 그림의 해바라기는 몇 송이일까요? 맞아요. 15송이랍니다. 홀수지요.

게다가 3개씩 모아서 꽂았어요. 이렇게 모아서 꽂는 것을 플로리스트 전문용어로 그루핑(grouping)이라고 해요. 자연스럽고 공간감 있게 만든 다고 다 흩어 놓으면 산만하고 강조가 안 되거든요. 고흐가 이걸 알고 꽂 았는지 저는 정말 궁금해요.

화병꽂이가 내추럴하기 위해서 또 중요한 게 화병과의 연결감이랍니 다. 꽃이 다 화병 위에만 있으면 동동 떠 보이거든요. 그래서 늘어지는 꽃과 열매, 잎이 필요하고 이런 소재가 은근히 비싸답니다.

처음 꽃을 하시면 꽃이 모두 서 있어요. 꽃의 얼굴 방향을 다양하게 하 고, 늘어지되 시들어 보이지 않게 하는 건 숙련이 필요한 기술이에요. 그 런데 고흐는 아랫부분에 안정감을 주고 낮거나 아래를 보는 꽃을 배치해 서 화병과 자연스럽게 이어지게 했어요.

어떤가요? 고흐의 그림이 달라 보이시나요?"

반 고흐의 그림을 많은 사람이 사랑하는 또 다른 이유는 편지가 남아 있어서 그림마다 스토리가 있기 때문이라고 한다. 어떤 일이든 스토리를 덧입히면 당신은 비슷한 일을 하는 사람들 가운데 유일한 사람이 된다.

그 후 사단법인 빈센트 반 고흐의 신인 작가들 전시회 그림 사이에 나 의 꽃은 작품으로 함께 했다. 다음은 '스토리가 빛나는 밤' 2탄을 함께 꿈 꾸고 있다.

"행복은 성취의 즐거움, 그리고 창조의 두근거림 속에 존재한다."

— 반 고흐

190

지친 날이면 꽃이 말을 걸어왔다

5
엄마 대신 카네이션, 아가판서스
— 꽃만이 채울 수 있는 자리

20여 년 전 미국에서 한 실험을 했다. 사람들에게 여러 가지 선물을 주고 어떤 선물을 줄 때 가장 진심 어린 미소를 짓는지 관찰한 것이다. 결과는 물론 꽃을 받았을 때였다. 나 같은 사람은 '아니, 그걸 꼭 실험을 해봐야 아나?'라고 생각하기 마련이다.

반면 한 학자는 원시시대 사람들은 꽃을 보면 '열매가 열리면 먹을 게 생기겠구나.'라고 좋아했기 때문이라고 해석했다. 나는 그의 낭만 테러에 잠시 분노했다. 원시인들도 분노하겠지. 수박꽃을 보면 좋아하고 벚꽃을 보면 감흥이 없는 존재일 거라 여겼으니 말이다. 아무리 먹을 것 구하기 어려워도 그 시절에는 자연이 더 아름다웠을 텐데.

그러다 내가 그의 와이프가 아님에 안도했다. 낭만이라고는 실험에 쓸래도 없는 사람이라고 긍휼히 여기기로 했다. 다행히 대부분의 분노는 긍휼로 해결된다.

사람이 처음으로 꽃 선물을 받는 때는 언제일까. 엄마 배 속에 있을 때받은 임신 축하 선물이라면 너무 빠를까. 출산 축하 선물, 돌잔치부터 여러 입학식과 졸업식, 결혼식까지 꽃은 함께한다. 의미 있는 순간을 축하하는 자리에 꽃을 대체할 수 있는 것은 드물다.

사람들에게 꽃을 건넬 때, 나는 미소를 선물 받기 위해 얼굴을 본다. 입꼬리뿐 아니라 눈과 온 얼굴로 웃는 사람의 가장 행복한 미소, 꽃을 받을 때 나오는 미소를 '뒤센 미소'라고 한다. 과학이 아무리 발전해도 뒤센 미소가 나오게 하는 선물을 만들어 낼 수는 없을 것이다. 생명만이 할 수 있는 일이다.

꽃이 더욱 대체될 수 없는 자리는 생명이 필요한 곳이다. 어떤 아름답거나 값비싼 것도 살아 숨 쉬며 변화하고 꽃을 피우지는 않기 때문이다.

9.11테러가 일어났을 때 사람들이 구조 현장에서 발견한 마지막 생명체는 나무였다. 나무는 처참한 폭격으로 긁히고 꺾이고 그을렸지만 푸른 잎이 있었다. 사람들은 그 나무를 수목원에서 오래 보살폈고 나무는 결국 다시 자라났다.

테러 현장이 복구되었을 때, 사람들은 나무가 돌아올 자리를 마련했다. 부서진 희망이 다시 피어날 마음의 공간을 만들고 싶다는 바람이었을 것이다. 그 '생명의 나무'는 매년 봄마다 제일 먼저 꽃을 가득 피운다. 지구의 다른 곳에 재해가 발생하면, 뉴욕 사람들은 이 생명의 나무 묘목을 보낸다.

타인의 신념, 가치관을 자신의 것으로 재구성(가치나 본질을 훼손하지 않고 자기 나름의 방식으로 해석하여 저장)하는 것을 내면화라고 한다. 사람뿐 아니라 식물도 내면화할 수 있다. 어떤 상황에서도 살아남아 꽃을 피우는 식물을 보면 사람은 '나도 이겨 내야지, 희망을 품어야지.' 생각하게 된다. 생명은 아름답게 전염된다.

　사람의 부재 역시 생명만이 채울 수 있다. 부재를 대신할 꽃을 고심하게 되는 날이 있다. 한 지인이 자신의 친한 친구가 암 수술을 하게 되었다며, 어떤 꽃을 선물하면 좋을지 물어 온 날도 그랬다. 다행히 입원이 길지 않아서 집에서 튼튼히 기다리고 있을 꽃으로 추천해 드렸다.
　다음 날, 지인은 집 근처 꽃집에서 카네이션으로 골라서 선물했다며 사진과 커피 쿠폰을 보내왔다. 집에 있을 친구의 아이에게 엄마 올 때까지 물 잘 갈아 주고 엄마 생각하라고 했다고. 그다음부터 카네이션을 보면, 얼굴을 모르는 아이의 모습이 떠올랐다. 엄마가 카네이션처럼 건강하게 돌아올 날을 기다리며 매일 물을 갈아 줬겠지. 카네이션이 싱싱해서 힘이 났겠지.

　어떤 부재는 돌이켜지지 않는다. 장례식장, 봉안당에서는 오직 꽃밖에 사진 곁에 둘 수 있는 게 없어서 예쁜 만큼 아팠다. 젊은이의 무덤을 우리말로 꽃무덤이라고 한다. 아름다움으로 슬픔을 감싸 안으려는 표현일까. 그런 부재, 그리고 희망의 부재를 이겨 내고 있는 사람들. 그 사람들의 곁을 지키는 사람들이 텅 빈 자리를 조금이나마 채우려 할 때도 꽃이 절실하다. 오로지 꽃뿐이다.
　꽃 수업을 하니 택배비만 들이면 지인들에게 남는 꽃을 보낼 수 있어서 참 좋다. 꽃은 대개 5개, 10개, 20개 단위로 파는데 인원수는 딱 맞지 않으니 균등하게 나눠 주고 나면 꽃이 남는다. 이번에는 누구에게 보낼까 고민하는 일은 즐거우면서도 즐겁지만은 않다. 요즘 누가 제일 힘들지 생각하기도 하기 때문이다.

자주 보내는 꽃 중에 아가판서스가 있다. 아가판다 비슷한 이름이라 귀엽게 외운다. 파랑과 보라의 중간톤인 조그만 백합 미니어처 같은 꽃들이 폭죽처럼 모여 있다. 'African blue lily'라는 영문명이 끄덕여진다. 파랑과 보라를 좋아하는 사람에게 보내기도 하지만, 꽃말이 딱 내 마음을 닮았다. '사랑의 편지, 사랑의 소식, 사랑의 방문.'

내 테이블에도 보낸 꽃과 같은 꽃을 꽂아 두면 꽃으로 이어지는 듯하다. 그 옛날 실과 종이컵 전화기 같은 아날로그 느낌이 좋다. 내가 있어 주고 싶은 자리에 꽃이 대신 간다. 편지를 보낸 듯, 굳이 보냈다고 말하지 않을 때도 많다. 그래도 이런 말로 답이 올 때면 마음이 놓인다.

"꽃이 나를 보고 있어."
"꽃이 나한테 활짝 웃어 주는 것 같아."
"몇 달 동안 힘들었는데 꽃 덕분에 오늘이 제일 행복해."
"언니가 준 화분 정말 잘 크고 있어요."
"내 삶도 꽃처럼 피어나겠지…?"

내가 하고 싶은 말을 꽃이 나보다 더 잘 알고 대신 전해 주는 듯했다. 말주변 없는 나는 누군가의 마음을 말보다 아름답게 보듬으려고 꽃 일을 하나 보다.

　베풀고 나누고 사는 사람처럼 보여도 사실은 꽃 일을 하는 덕분에 평생 내가 이득이다. 꽃들이 사람들의 머릿속에 자꾸 나를 소환한다. 꽃을 보니 내가 생각났다며 길거리 꽃 사진을 보낸다. 다른 예쁜 것만 봐도 내 생각이 났단다. 이 꽃은 이름이 무엇이냐고 물어 오니 자주 연락하게 된다. 꽃집 아가씨는 예쁘다는 노래에 이견을 다는 사람이 없듯, 꽃이라는 프레임을 씌워 나를 예쁘게 보아 준다. 세상에 이렇게 달콤한 직업이 또 있을까.

　꽃은 누군가를 판단하지도 독촉하지도 않는다. 무심하게 한 송이 꽂아 두면 매일 달라지며 향기를 살며시 퍼트린다. 꽃 같은 사람이 되고 싶다. 나를 판단하지 않는다고 느끼는 사람. 궁금할 텐데 묻지 않아서 편안한 사람. 테이블 위 꽃처럼 곁에 있는 사람. 이따금 꽃 같은 말을 남기는 사람.

　꽃말은 남녀가 마음을 전하기 위해 생겼다고 한다. 편지보다 증거가 남지 않기 때문이었다나. 나는 좀 더 폭넓고 순수한 낭만이 꽃말의 진정한 기원이었다고 하고 싶다. 어쩌면 사람들은 꽃이 하는 말을 듣고 싶어서 꽃말을 만든 건 아닐까. 사람이 들려주지 못하는 희망, 격려, 위로, 고백 같은 것들을 눈으로 보며 확인하고 곁에 두고 마음속에 들여놓고 싶어서 말이다.

6

형아, 집에 식물이 없잖아, 선인장

− 삶이 풍성해질 유산

꽃을 사랑하는 아이로 키우고 싶어서 아장아장 걸을 때부터 꽃 시장에 데리고 갔다. 떨어진 꽃잎이 있으면 통통한 손바닥 위에 살포시 올려 주곤 했다. 하지만 아들은 벌레 묻은 듯 꽃잎을 툭 털어버렸다. 나무 가까이도 가지 않고 주차장을 맴돌며 차만 구경했다.

아이의 유치원 선생님은 꽃을 배우는 분이셨다. 매주 꽃 당번을 정해서 세 송이씩 가져와 꽃에 대해 발표하게 하셨다. 그때부터 아이는 그 주에 배운 꽃 이름을 반짝이는 눈빛으로 이야기하고 꽃 당번 날을 손꼽아 기다렸다.

마침내 꽃 시장에 가서 미리 정해 둔 3가지 노란 꽃을 사던 날, 아이가 얼마나 기뻐했는지 지금도 생생하다. 아이는 알고 있었다. 라넌큘러스, 프리지어, 퐁퐁 국화는 그저 노란 꽃이 아니라는 것을. 빛깔과 이름, 향기와 매력, 꽃말이 다 다르다는 것을.

천 겹의 꽃 라넌큘러스는 하늘하늘한 겹겹의 꽃잎이 봄의 공연에서 프리마돈나로 손색이 없다. 선택과 집중을 아는 이 야무진 꽃은 잎을 있는 듯 없는 듯하게 하고 줄기 속까지 비워내 온통 꽃잎에 아름다움을 피워 올린다.

프리지어는 요즘 여러 컬러가 있지만, 노란 컬러가 가장 향이 강하다. 봄의 향기는 누가 뭐래도 프리지어다. 꽃말도 입학식에 딱 어울린다. '당신의 시작을 응원합니다'.

꼭 마이크처럼 귀여운 퐁퐁 국화는 보름은 끄떡없는 강한 생명력을 자랑한다. 동글동글 세상 깜찍하기 위해 태어난 듯 사랑스럽다. 막내둥이 곱슬머리처럼 자꾸 쓰다듬고 싶어진다.

세 꽃을 행여 꺾일라 조심조심 들고 간 꽃 당번 날, 아이는 친구들마다 붙들고 이렇게 이야기했다고 한다.

"나 오늘 일 년 중에 가장 행복한 날이야! 나 꽃 당번이거든!"

그래서 알게 되었다. 알아 가면 사랑하게 되는구나. 사랑하면 알고 싶어지는구나.

아이가 자동차를 좋아한 것도 단지 멋져 보여서가 아니었다. 백과사전처럼 두꺼운 자동차 책을 너덜너덜해질 때까지 보며 달달 외웠기에 자동차의 세계에 살고 있었다. 뜯어진 자동차 책 표지는 호그와트로 통하는 마법의 문이었다.

나의 꽃 사랑도 그저 예뻐서가 아니다. 꽃과의 진정한 사귐은 수십 권의 책을 통해 시작되었다. 새로운 꽃은 책으로 외우고 이것저것 만들며 눈과 손이 기억하게 했다. 그러면 책 너머의 모습을 겪을 수 있었다. 어느 계절에 싱싱한지, 며칠이나 피어 있는지, 어느 꽃과 어울리는지, 꽃다발과 바구니 중 어느 것을 만들기에 좋은지, 뒷모습은 어떤지, 어떻게 지는지, 드라이하면 어떻게 색이 변하는지. 몇 날 며칠을 눈을 맞추고 이야기도 건넸다. 이렇게 한번 완전히 친해진 꽃은 사물이 아닌 친구가 되었다.

아이가 선인장에 빠져든 것도 책을 통해서였다. 다육아트 수업도 많이 하니 다육이 책이 많았는데, 아이가 읽기 시작했다. 마음에 드는 다육이와 선인장을 표시해 두고, 함께 사러 갔다. 더운 여름날, 옆구리에 다육이 책을 끼고 땀을 흘려 가며 오래 식쇼핑(식물쇼핑의 줄임말)하는 아이를 사장님들이 신기해하고 예뻐하셨다.

고무장갑을 끼고 선인장 분갈이도 척척 했다. 점점 다육이보다는 선인장, 그중에서도 희귀 선인장을 좋아했다. 구하기 어려워서 결국은 국내 최초이자 최대 선인장 농장에 찾아갔다. 방울토마토만 한 선인장이 2개에 6만 원! 오묘하게 주황 노랑이 섞인 빛깔이 딱 봐도 비싸 보이긴 했다. 다행히 아이가 고르니 할인해 주셨다.

첫째는 감각이 예민하다. 옷도 직접 만져 보고 골라야 하고 후각, 청각도 민감했다. 그런데 이런 점이 식물을 키우기에는 잘 맞았다. 내가 보지 못하는 병충해도 잘 발견하고 처리하고 분갈이도 꼼꼼하다. 바질 트리이발도 시키고, 국화는 애국이, 고추는 매운이 등 이름도 지어 준다. 스킨답서스, 틸란드시아는 오병이어처럼 번식을 시킨다. 매주 토요일이면 수경재배 화병을 깨끗이 닦고 꽃가위를 들고 뿌리를 다듬어 준다.

식집사(식물 키우는 사람)가 되더니 식멍의 매력도 알게 되었다. 베란다에 나가 간이 의자에 쪼그리고 앉아서 식물을 쳐다보다가 말한다.

"엄마, 힐링 된다."

어느 날 두 형제가 앉아서 거실을 그리고 있었다. 서로 누가 더 잘 그렸나 비교하느라 번갈아 보다가, 둘째가 말했다.

"형아, 집에 식물이 없잖아!"

첫째보다 식물에 관심이 없는 둘째도 집안에 식물이 있는 게 당연해져 있었다. 고양이를 좋아하니 마리모 어항에 고양이 피규어를 넣어 주었다. 둘째도 마리모만은 매주 부지런히 씻어 주고 떠오른다고 좋아한다.

집에서 일하다 보니 대량 주문이 들어오면 아이들도 택배 포장을 도와준다. 좋은 실물 교육이 된다. 얼마에 사서 얼마에 파는지, 왜 팔리는지 알려 준다. 수업 역시 이제 자연스럽게 묻는다.

"엄마, 사람들이 뭐래?"
"엄마, 그 수업은 얼마야? 얼마나 남아?"

어느 스승의 날은 엄마도 선생님인데 왜 카네이션을 주는 사람이 없냐고 물었다. 엄마는 매일 보는 선생님이 아니고 오늘 수업이 없어서 그래, 하고 무심히 얘기했다. 5분쯤 지났을까, 아이가 눈물을 글썽이며 종이에 그린 카네이션을 내밀었다.

"엄마도 선생님이니까 엄마 카네이션은 내가 줄게."

세상 어느 엄마가 이런 순간에 눈물 나도록 기뻐하지 않을 수 있을까.

"엄마는 이 카네이션 그렇게 좋아? 별로 못 그렸는데?"
"엄마는 이 카네이션이 세상에서 제일 예뻐!"
이렇게 스윗하던 아이가 사춘기가 되니 말한다. "엄마는 좋아하는 일을 하잖아!" 자신은 안 좋아하는 공부를 해야 하니 불공평하다며. 그래도 좋아하는 일을 하면서 살아간 엄마의 모습은 언젠가 아이가 좋아하는 일을 할까 고민할 때 생각날 것 같다. 엄마가 했으니 나도 할 수 있다며, 더 용기를 내게 하기를 바라 본다.

7

처음이자 마지막일 수 있으니까, 카라

– 욕심쟁이 꽃 선생님

수업을 하면 뭔가는 남아야 한다. 돈이 남거나 사진이 남거나. 그런데 수업료도 적고, 50분 만에 끝내야 하고 장소도 예쁘지 않아서 사진도 잘 안 나오지만 하는 수업이 있다.

첫째는 선생님들 수업. 학교에서 교사 동아리를 만들면 예산이 지원된다. 사실 꽃을 배우기에는 금액이 턱없이 적다. 2회분의 금액을 모아서 한 학기에 한 번 수업을 받으신다. 솔직히 이윤을 남기려면 꽃양을 줄일 수 있지만, 손해가 나더라도 풍성히 가져간다. 선생님들이 얼마나 힘든지 조금은 알기에 한 학기에 한 번이라도 활짝 웃으시게 하고 싶다.

둘째는 문화센터 수업. 굳이 문화센터를 통하지 않고도 클래스를 얼마든지 찾을 수 있는 세상이다. 그래도 누군가에게는 문화센터가 가장 접근하기 쉬운 수업일 수 있다. 손주를 돌봐 주고 있는 할머니, 아이가 어린이집에 간 동안 잠깐만 시간이 나는 엄마, 어버이날 선물을 함께 만들어서 양가에 드리고픈 신혼부부, 주차가 편하고 집에서 가까워야 오기 편한 임산부… 이런 분들이 오신다. 한번 용기를 내었는데 폐강이 되면 어쩌면 영원히 꽃 수업의 기쁨을 알지 못한 채 살아갈 수도 있다. 그 기뻠 좀 모르고 살아가면 큰일 날 것처럼 나는 욕심을 낸다. 2명만 모집되어도 수업을 한다.

꽃 수업에 오는 분들은 대부분 생애 첫 꽃 수업이다. 어쩌면 처음이자 마지막일지도 모른다. 이 사실이 나를 자꾸 욕심나게 한다. 꽃이 주는 행복에 오롯이 빠져 볼 시간을 내가 드리고 싶다.

한 번도 못 보셨을 종류의 꽃을 보여 드리고 싶다. 겉보기에는 비슷해도 더 튼튼하고 오래갈 높은 등급의 꽃을 고른다. 꽃을 모르는 분이어도 확실히 다르다며 많이들 알아본다. 모르면 또 어떠랴. 꼭 알아 주었으면 하는 욕심은 없다. 그보다는 마음이 따스해지셨으면 좋겠다.

국내 최고급 플로리스트나 학원이 하는 꽃 수업은 한 번에 30만 원 안팎이다. 그런 수업을 한 번씩 듣는 이유도 내 수업의 아름다움을 높이고 트렌드를 따라가려는 욕심이다.

아이들의 수업에도 어른들과 같은 수준의 재료를 준다. 무조건 알록달록한 걸 좋아할 것 같아도, 아이들의 안목도 높다. 연보라색 습자지로 재료를 감싸서 갔을 때, 아이들이 물었다.

"선생님! 왜 신문지 아니고 이 종이 쓰세요?"
"선생님은 너희가 예쁜 걸 많이 보고 만져 봤으면 좋겠거든."
"연보라 정말 예뻐요! 이거 가져가도 되죠?"
"그럼! 선생님도 연보라가 제일 좋아!"

아이들은 연보라 습자지를 찢어질세라 조심조심 가방에 담았다. 예쁜 것을 아끼는 마음을 아껴 주고 싶다. 솔직할 나이라서 예쁘면 무척이나 좋아한다. 그 감탄을 나는 탐낸다. 단순한 체험이 아니라 아름다움을 접하고 안목이 높아지는 시간이 되었으면 좋겠다는 욕심도 부린다.

욕심대로 할 수 없을 때도 있다. 주고 싶은 것은 많아도 수업마다 내 역량을 다 발휘할 수는 없다. 시간이 부족해서 쫓기듯 하거나 예산이 턱없이 적어서 양이라도 맞추려면 고급스러움은 아쉽기도 하다. 소통하고 싶지만 사춘기 수강생들과의 50분 1회 수업으로는 어림없다. 그럴 때면 딱 일만 하고 온 허전함이 크곤 했다.

비슷한 고민을 겪은 숲 선생님이 답을 주었다. 원하는 만큼을 주는 것도 전문성이라고. 그 후로는 마음 편히 감수하려 노력한다. 그러면서 욕심을 딱 1가지만 끼워 넣어 본다. 시간이 부족해도 출력해 둔 시 한 편을 넣어 준다든지, 말 없는 중학생이어도 한두 명에게는 구체적인 칭찬을 남긴다든지. 꽃을 남기러 갔는지 말을 남기러 갔는지 모를 은근한 집착이다.

드라마 〈여름 향기〉를 아는가. 손예진의 리즈 시절 대표 작품으로, 전체가 손예진 뮤비라고 할 만큼 청순한 아름다움이 흘러넘친다. 손예진은 심장이 아픈 가녀린 플로리스트로 출연했다. 플로리스트가 되고 나서 보니 실제 플로리스트의 삶과는 좀 거리가 있다. 플로리스트가 무거운 것을 못 들어서 낑낑거리고(물론 때맞춰 남주가 달려온다!) 꽃을 다듬지도 않고 쓴다.

애초에 드라마는 사실성보다 감성이니까 괜찮다. 이 드라마를 보며 플로리스트가 되고 싶다는 생각을 처음 했다. 노란 카라가 있다는 것도, 노란 장미 중에 문라이트라는 이름을 가진 종류가 따로 있다는 것도 알게됐다.

여름이 되면 감성 세포가 녹은 캐러멜처럼 늘어지기 쉽다. 그럴 때면 드라마에서 캡처해 둔, 꽃이 나오는 장면들을 기억의 서랍에서 꺼내 바라본다. 지금 보아도 촌스럽지 않은 헤어와 의상도 눈 호강 요소이다. 다작의 비결을 묻는 인터뷰에서 손예진의 대답이 내 욕심을 가볍게 한다.

"어떻게 항상 작품이 잘되겠어요. 그런 책임감을 느끼는 건 스트레스가 된다는 생각이 들었어요. 결과적인 것만 생각하면 고민 지점이 더 많아지죠. 정말 하고 싶은 작품, 캐릭터가 있으면 계속 보여 드리고 싶어요. 만약 실패한다고 해도 배우로서 안고 가야 하는 지점인 것 같아요."

〈여름 향기〉 이후로 20년 동안 작품을 꾸준히 하면서 늘 변화를 시도하고 현장을 떠나지 않은 다작의 대명사, 손예진. 최고의 연기력은 당연히 있을 수밖에 없는 결과다.

다양한 꽃 일 중에서도 클래스는 꽃과 사람을 깊이 만나게 해 주기에 더욱 애정한다. '多클'은 오래 품은 나의 소중한 꿈이다. 20년간 만 명의 사람들에게 꽃이 주는 마음을 나눈 꽃 할머니가 되고 싶다. 천여 명을 꽃으로 만나 15%쯤 달성했으니 머나먼 꿈은 아닌 것 같다.

꿈에 가까이 갈수록 첫 마음은 〈여름 향기〉의 노란 카라처럼 간직하고 싶다. 어느 꽃과도 닮지 않은 카라처럼 나답게 오래 피면 기쁘겠다. 이름만 알았던 꽃의 다채로운 매력을 소개해 주고 싶다. 이 마음을 다 담은 꽃이 카라다.

대부분의 사람이 하얀색 카라만 알고 있다. 다양한 컬러를 보여 주면 가장 감탄하는 꽃이기도 하다. 노란 카라는 위로가 필요할 때, 밝지 않은 공간에서 촛불처럼 빛나게 할 때 좋다. 주황 카라는 특히 가을에 어울리는 선물이다. 우아하기로는 자줏빛 카라를 따라올 꽃이 없다. 그러데이션 된 결 하나하나가 고풍스러운 유럽의 성을 떠올리게 한다.

가장 큰 놀라움을 끌어내는 건 검은 카라다. 무던한 파스텔 톤을 좋아한다고 생각했던 사람들이 검은 카라를 보면 "저 이런 색 좋아했군요!"라고 진정한 취향을 발견하기도 한다. 나 역시 꽃 잡지를 보고 검은 카라를 믹스한 작품에 빠져 들었다. 그 컬러를 잘 쓰기 위해 비슷한 사진들을 모으고 모아 들여다보기도 했다.

다듬을 필요가 없으니, 시간이 촉박한 행사 데코에서 무척 고맙고 유용한 꽃이기도 하다. 플로리스트만의 전문성을 발휘할 수 있는 비밀도 있다. 바로 줄기를 마사지하면 곡선으로 만들 수 있다는 점이다. 낮고 납작한 화병에 높이, 얼굴 방향을 다르게 해서 데코 하면 멋져진다.

등급에 따라 가격 차이가 크게 난다. 굵고 긴 카라는 줄기가 짧고 가는 카라보다 5배까지도 비싸다. 최상급 카라는 꽃 크기가 휴대폰만 하고 꽃잎 두께도 국내 제작 프리미엄 에코백처럼 탄탄하다. 신선도도 물론 달라서 오래 피어 있다. 사람들 눈에는 잘 안 보이겠지만 직업병이랄까, 내겐 모른 척할 수 없게 탐나는 차이여서 최상급 카라를 파는 도매상은 나의 단골이다.

카라 이야기를 하니 자꾸 길어진다. 아무래도 카라만 깊이 다루는 클래스를 하나 만들어야겠다(천상 꽃 선생의 결론!). 몇 시간도 이야기할 수 있는 꽃, 카라. 꽃말이 순수와 열정인 건, 나를 위한 고마운 우연이다.

지친 날이면 꽃이 말을 걸어왔다

Chapter 4

8
진정한 성공이란, 아미 장미
– 핀 꽃이 필 꽃에게

100번은 왔을 강남역 11번 출구에 오랜만에 왔다. 과거에는 남편과의 데이트 장소였고 가까이 살 때는 주말마다 아이들과 알라딘 중고 서점에 들르러 왔던 곳이다. 꽃집 면접 보러 갔더니 사장님이 부른 줄 기억도 못 했던 곳이기도 하다. 그래도 내 인생 어디로 흐를지 모른다는 근거 없는 즐거움으로 웃으며 걸었던 그 거리. 이제 근거 있는 즐거움으로 덮어 추억을 만들 차례다.

오늘의 목적은 단순했다. 택배로 받아도 될 잡지 한 권을 직접 받으러 왔다. 정확히는 그 핑계로 얼굴 한번 보고 싶은 대학생들이 있었다. 나를 인터뷰하고 잡지에 실은 대학생들에게 밥 한번 사고 싶었다.

이 인연은 내 인스타를 팔로잉하던 학생이 보낸 한 통의 메일로 시작했다. 대학생 무가지 잡지의 브랜드 코너에 내 인터뷰를 넣을 수 있는지 물어 왔다. 의미 있는 일이 될 것 같아서 수락했다. 가을호 주제가 '시간'이기도 해서 인터뷰 날, 대학 졸업 이후부터 지금까지의 삶을 풀어놓게 되었다.

가장 힘들었던 점이 무엇이었냐는 질문에 뒤돌아보니, 언제 올지 모르는 기회를 기다리는 것이었다. 지금 할 수 있는 것들을 해야 하는 이상으로 하면서, 하고 싶은 일이 곧 올 것처럼 준비했기에 그 시간을 견딜 수 있었다. 축적이 축지법은 되지 못해도 계속 걸어가게 했다.

대단한 세월을 보내거나 큰 업적을 이루지는 않았지만 도움이 되고 싶었다. 내 인생이 가장 암울했던 시기와 같은 나이인 학생들이니까. 그때 인생을 좀 더 살아 본 누군가가 그저 살아 내고 버텨 낸 이야기를 해 줬다면 어땠을까, 하는 마음을 담았다. 처음 본 사이인데 울다가 웃다가 시간이 순식간에 흘렀다. 다시 만나고 싶어서 가을을 기다렸다.

의미를 먹고 살아가는 게 내 인생이라 20대 초반부터 입던 스커트를 입었다. 그 쇼핑몰은 내가 처음 접한 퍼스널 브랜드였다. 자체 제작도 생소하던 시절, 20대 사장은 자체 제작을 하면서 과정을 공유했다. 이 제품을 만드는 이유, 이 재질과 길이가 가장 예쁘다는 증명, 주름을 앞쪽에만 넣은 실용성 등. 제품이 나오기 전부터 기대하게 되었다. 그곳에만 있는데다 고급스럽고 두루두루 활용하기 편하면서 가격도 합리적이었다. 남편을 처음 만났던 가을날에도 입었다.

이렇게 계절마다 옷마다 장소마다 인생이 무늬처럼 스며든다. 세상 그늘에서 흔들리고 있을 때, 꽃그늘에서 하늘을 바라보게 한 꽃들. 그 꽃들에게 진 아름다운 빚을 갚아 나간다.

크게 성공하진 않았어도 밥 정도는 마음껏 사 줄 수 있고, 해 줄 말 많지 않아도 뭐든 들어 주고 싶은 마음 진심인 그런 한 명의 어른이 된 날. 특별하지 않은 사람에게 아낌없는 응원과 기대를 보내는 청춘들이 있어서 눈물이 났던 날. 그날 결심했다. 성공한 사람보다 괜찮은 어른이 되기로.

아무것도 시작하지 못하고 꽃 그림자에 숨어 보냈던 시절을 되돌아보았다. 덕분에 누군가 머물러 갈 수 있는 마음 정원이 생겨 있었다. 꽃에게 받는 위로와 응원으로 소소하게 유지되는 자투리땅이다. 그저 버티는 나날이 얼마나 힘든 건지 알기에 정체되어 있는 사람을 보면 '왜 아무것도 하지 않을까?'가 아니라 '저게 제일 힘든 거지. 뿌리를 내리고 있는 거겠지.' 싶다. 나룻배로 떠내려가지 않고 그 자리에 있는 게, 모터보트로 거슬러 오르는 것보다 힘든 법이다. 동력을 만들어 어디라도 나아가려는 사람을 보면 그게 어디든 간에 대단해 보인다.

이날 건넨 장미는 핑크 아미. 아무래도 유럽은 장미를 가꾸고 개량시켜온 역사가 길고 재배 환경이 좋다 보니, 대개 수입 장미가 예쁘고 튼튼하다. 하지만 국산 장미인 핑크 아미는 예쁘고 퀄리티 좋아서 매년 더 많이 심고 유통되는 국가 대표 중 하나다. 아직은 연한 컬러의, 상큼하고 러블리한 청춘들이 점점 더 피어나길 응원하는 마음을 담았다.

수업으로 만나는 초등학생들은 더 작은 꽃망울이다. 진도를 나갈 것도 테스트할 것도 없는 꽃 수업이라 마음껏 관대해지고 싶다. 여러 가지를 준비해 가서 아이들의 반응을 보고 좋아하는 것에 집중한다. 아이마다 빠져드는 재료가 다르지만, 얼마든지 쓰게 한다.

순간순간 꽂힌 재료에 유난히 몰입하던 아이가 있었다. 진도를 나가야 하는 과목 선생님이라면 난처하겠다 싶었다. 영어 수학 선생님들 무한 존경하는 이유다. 다른 수업에서는 이런 기질을 접었어야 했겠구나 싶어서 한마디라도 더 기대하는 말을 해 주려 곁에 자주 갔다.

"오늘은 어떤 예쁜 거 만들 거야?"

수업이 끝나 가면 아이는 남은 꽃을 주시면 안 되냐고 물었다. 내가 부탁에 용기를 내야 하는 사람이라서일까, 용기 냈을 것 같은 부탁에 약하다. 소곤소곤 말했다.

"네가 가져가면 다른 아이들도 가져가고 싶어 하니까, 애들 다 갈 때까지 남아 있을 수 있어? 이건 비밀이야."

마지막 수업 날, 아이는 프리저브드 플라워 카드에 온갖 정성을 들였다. 한 재료 한 재료 넣을까 말까 고민하며 수업 끝난 후까지 조물조물 놓지 않았다. 그 카드를 내게 내밀었다. 부끄러워하며 나중에 펼쳐 보라고 했다. 카드 속, 한 문장을 읽자 가슴 속에서 뜨거운 것이 훅 올라와 다음 문장을 가려 버렸다. '저 같은 아이에게도 친절하게 대해 주셔서 감사합니다.'

아쉽다. 한번 안아 줄걸. 집중도 잘하고 멋진 작품을 만드니 어떤 사람이 될지 기대된다고 말해 줄걸. 네가 들었을 말들이 무엇인지는 몰라도, 그런 말이 드리운 그늘에 내가 꽃을 심어 줄 수 있었다면 좋았을 텐데. 우리, 다시 만날 수 있을까? 너의 호기심 가득한 반짝이는 눈을 꼭 보고 싶다.

지친 날이면 꽃이 말을 걸어왔다

9
천국에 없는 것, 몬스테라
– 꽃이라는 모국어

천국에 없는 것은 무엇일까? 슬픔, 고통, 이별, 눈물처럼 형이상학적인 것부터 매일을 차지하는 집안일, 출근, 상사, 노화까지 많은 것을 말할 수 있겠지만 나는 오해가 없을 게 가장 기대된다. 정확히는 '마음이 그대로 전달되지 않는 데서 오는 모든 상처, 괴로움, 안타까움, 아픔'.

빨간 머리 앤에 "인생의 고민들은 대부분 오해에서 나온다는 생각이 들어."라는 문장이 나온다. 정말 그렇다. 살면서 우리를 끈질기게 괴롭히는 것은 상처이다. 그런데 상처를 준 상대방이 나를 힘들게 할 의도에서 그랬냐면 그렇지 않은 경우가 많다. 오히려 많이 사랑하는 사람이 상처를 주고, 사랑하기 때문에 상처를 받는다.

슬픔과 고통은 어떻게든 지나가고 무뎌진다. 하지만 누군가 위로나 조언이라고 남긴 몇 마디가 우리를 아픈 시간으로 되돌리기도 한다. 말재주가 없는 나는 섣부른 위로가 될까 봐 만나도 제대로 말을 못 하거나 쓴 카톡도 못 보낼 때가 많다. 언어의 한계라는 유리 벽에 마음이 부딪혀 튕겨 버린다. 그저 손잡고 함께 우는 게 제일 나을 것 같다.

몬스테라는 잎이 찢어지기 때문에 인기가 많다. 멕시코의 우거지고 습한 곳이 원산지이다. 폭우와 강한 바람을 견디고, 아래에 있는 잎이 햇빛을 받을 수 있도록 잎이 갈라진다고 한다. 아래쪽의 몬스테라는 어떻게 위쪽의 몬스테라에게 햇빛이 안 들어온다고 알릴 수 있을까?

나무는 뿌리 주변의 균류망을 통해서 영양분과 정보를 주고받는다고 한다. 수백 km까지 뻗어 나갈 수 있는 이 연결망을 '우드와이드웹(Wood wide Web)'이라고 부른다. 나무들은 영양분을 나눌 수도 있고, 질병이나 곤충에 대한 메시지를 공유한다. 건강한 나무들이 병든 나무를 돕고, 자랄 수 있는 공간을 만들기도 한다. 미래에 남겨 둘 메시지를 저장하기도 한다.

천국에 가면 언어라는 매개체를 통하지 않고도 나무들처럼 마음을 있는 그대로 전달할 수 있을 것 같다. 조금의 일그러짐도 없이 주고받으면 좋겠다. 그러면 비바람을 견디면서도 누군가에게 조금이라도 밝음과 따스함을 주려고 애쓰느라 상처 났던 마음들이 편안해지겠지.

비눗방울처럼 살포시 날아갈까? 바람과 손길에도 터져 버리지 않고 그대로 흘러가 상대에게 쏙 스며들지 않을까. 그러면 우리는 마음을 건네면서 걱정하지 않을 텐데. 비눗방울 터지기 전에 닿으려고 뛰어가는 아이처럼 안절부절못하지 않을 텐데.

그런데 언젠가부터 발견했다. 이미 우리에게는 말 외에도 마음을 전할 비눗방울들이 많다는 것을. 웃음, 눈빛, 눈물, 포옹, 음식, 사진, 선물, 곁에 있기…. 그 언어들은 완벽하지는 않아도 마음을 실어 나르고 있었다. 사람마다 다르고 모두가 이해하지는 못했다. 하지만, 그 미묘한 언어를 통역 없이 이해하는 사람을 만나면 타국에서 말 통하는 사람을 만난 듯 반가울 수 있었다.

좋아하는 것을 하라고들 말한다. 좋아하는 것을 찾는 방법도 다양하다. 좋아하는 것을 일로 해도 될지 아직 확신이 없다면, 당신의 직업이 마음을 전하는 방법이 되길 원한다면, 나만의 언어를 면밀하게 들여다보면 어떨까. 누군가 마음을 전하고 싶어서 당신의 통역을 기다리고 있을지도 모른다.

나에게 꽃은 언어다. 내가 꽃을 건넨다는 것은 이런 말을 하고 싶다는 뜻이다.

"당신은 내게 소중한 사람이에요. 뭐든 주고 싶어요."
"이 꽃이 당신을 닮았어요. 당신 이만큼이나 매력 있어요."
"힘들죠…. 향기로 안아 주고 싶었어요. 생명력을 선물하고 싶었어요."
"나를 이 꽃처럼 기억해 줄래요? 우리 친해져요."

게다가 말로 하는 것보다 좋은 점이 많다. 받는 사람이 활짝 웃는 모습이 마음에 새겨진다. 사진 한 장 찍어도 꽃 덕분에 훨씬 밝고 자연스럽게 남는다. 말처럼 휘발되거나 잊히지 않고, 다른 선물처럼 서랍 속에 쏙 넣지 않고 잘 보이는 곳에 둘 테니 얼마나 감사한지. 며칠간 누군가에게는 기쁨, 누군가에게는 위로가 되겠지. 어쩌면 함께 사는 가족, 찍어 올린 사진을 보고 좋아하는 온라인 친구들까지도 함께 행복해질 수도 있다.

어쩜 그렇게 만나는 사람마다 가는 곳마다 꽃을 들고 가냐는 질문을 받곤 한다.

"그냥 주고 싶어서요."

…라고 했었는데, 생각해 보니 이유가 많다. 아니, 어쩌면 '그냥'이 가장 맞는 말이기도 하다. 제일 행복해지는 사람도 나일 것 같다.

✿
꽃처럼 살아가기
– 사계절 행복해지는 비법 40가지

나는 행복이 참 헤프다. 하늘만 맑아도 기분이 좋아진다. 별의별 이유로 순간순간 행복하다. 눈치챘겠지만, 헤프게 살아 보자고 당신을 좀 꼬드겨 보려는 중이다. 이런 헤픔은 심지어 대부분 돈이 들지 않는다. 핫플에 갈 필요도 없이 집안이나 집 근처에서 가능하다. 애교나 유머에 재주가 없는 사람이라, 쓰고 보니 재택근무 광고가 생각나지만 완전히 다르다!

그렇다고 내가 발랄한 사람이냐면 조금 더 발랄해지고 싶은 사람일 뿐이다. 감탄을 잘하고 크게 웃는 사람들을 보면 닮고 싶다. 사실 나는 말이 많지 않아서 사람들이 I라고 생각하는 E이다. 듣는 게 좋아서 사람 만나는 것을 좋아할 뿐. 집 앞에만 나가도 나무와 하늘을 꼭 보며 충전하기에 자꾸 나가려 한다.

사실은 자주 마음이 욱신거린다. 운전하고 있을 때, 혼자 깨어 있을 때, 아무 연관 없는 일상의 순간에도. 갈비뼈 어느 깊숙한 곳에 미세하게 금이 간 듯 깁스를 할 수도 없고 완전히 낫지도 않는 통증 같다.

그래서 이렇게 부지런히 충전하는지도 모른다. 공감력이 강하다 보니,

나는 아무 일 없이 평탄히 지내도 소중한 사람들이 버텨 내는 삶을 살고 있으면 아프다. 열심히 사는 것도 웃는 것도 미안해지곤 한다. 열다섯 살에 담임선생님의 갑작스러운 죽음을 겪어서일까. 내 마음의 가장 깊고 움푹한 기저에는 무거운 그리움이 익숙하게 자리 잡고 있다.

다행히 인생은 이분법이 아니다. 아픔과 그리움이 행복을 밀어내지만은 않는다. 추울수록 포근한 담요를 덮게 되듯 끌어당기기도 한다. 기댈 수 있는 나무 같아지고 싶어서, 나눌 따스함을 적립해 두고 싶어서, 갑작스러운 일에도 나를 잃고 싶지 않아서 시시때때로 마음을 챙긴다. 가을을 가장 좋아하는 건, 가을에 유난히 힘들었기 때문이다. 나뭇잎 하나하나 물드는 것을 놓치지 않고 감탄하며 꽃처럼 누렸다. 예쁜 구름만으로도 감사하려 애썼던 기억이 가득하다. 가을이면 다람쥐가 도토리 모으듯, 다른 계절보다 행복 적립이 체화되었다. 이런. 사뿐히 초대하려 했는데 또 진중해졌다. 이 방법 중 당신의 마음 도토리가 될 방법이 있기를 바라며 얼른 마무리해야겠다.

* 봄에 행복해지는 방법 *
제일 먼저 피는 산수유 금광처럼 발견하기
벚나무 몽우리를 보면서 어느 나무가 제일 먼저 꽃을 피울지 맞혀 보기
떨어지는 벚꽃 잡기 놀이 하기
벚꽃이 진 후 남은 자주색 꽃자루도 예쁘다는 것을 발견하기
얼굴도 키도 작아서 잘 보이지 않는 숨은 꽃들을 찾아내서, 가까운 길

도 돌아다니며 자주 보기

구석에 숨은 라일락 중 마지막 꽃 책 사이에 조심조심 끼워 두기

화병을 깨끗이 뽀도독 닦아서 꽃 한 송이 꽂아 두고 매일 물 갈아 주기

봄꽃 화분 하나 들이고 자주 바라보기

아무 날 아니어도 작은 꽃다발 하나 선물하기

집 근처에 친구 나무 한 그루 만들고 이름 지어 주기

* 여름에 행복해지는 방법 *

능소화를 찾아내고 뜨거운 여름에도 꽃을 피우는 모습 눈에 담기

배롱나무 얼마나 오래 피어 있나 세어 보기

친구 나무가 변하는 모습 보며 응원하기

휴대폰 배경 화면을 시원스러운 이미지로 바꾸기

바다에서 3분 이상 파도 소리 담은 영상 찍고 종종 듣기(바다 내음은

담아 올 수 없어 아쉽지만, 코에 잘 기억해 두기)

바다에서 가져온 작은 소라껍데기 잘 보이는 곳에 두기

새로 출시된 아이스크림 먹어 보기(추억이 있는 아이스크림도 좋음)

땀이 날 만큼 운동하고 향이 좋은 보디 워시로 샤워하기

화사한 색 우산이나 촉감이 좋고 몸에 붙지 않는 옷 들이기

빗소리에 한참 귀를 기울여 보기

* 가을에 행복해지는 방법 *

나뭇잎 끝에서부터 피어오르는 단풍의 시작 놓치지 않기

매일 변화하는 잎들을 보면서 나도 힘내기

구름이 몽글몽글해지는 때를 놓치지 않고 구름 사진 찍기

4시부터 쌀쌀해지는 늦가을이 되기 전에 노을을 마음껏 보기

추워지기 전에 밝고 예쁜 옷들 열심히 입기

허리를 굽혀 친구 나뭇잎을 줍고 향을 킁킁 맡은 후 책 사이에 끼워 두기

서점에 가서 감성과 맞닿아 있는 책 한 권 사기

마음에 쏙 들어오는 시 한 편 찾아내고 공유하기

올해의 리스 만들기(다 만든 후 손에 밴 향기 꼭 맡기)

가을을 탈 것 같은 사람에게 전화하기

* 겨울에 행복해지는 방법 *

크리스마스 장식을 작게라도 해 두고 캐롤 일찍부터 틀어 두기

한 해 동안 고마웠던 사람들에게 짧지 않은 메시지 보내기

휴대폰 사진 정리하고 자주 보고 싶은 몇 개는 출력해서 붙여 두기

예쁜 다이어리와 펜을 설레며 고르기

집안 배치를 바꿔 보거나 정리하며 나만의 공간 만들기

한 해 동안 잘한 일 적어 보고 셀프 칭찬해 주기

겨울을 나고 있는 친구 나무 곁을 지날 때 응원하기

눈을 맞으며 걸어 보고 눈 만져 보기

종종 밝은 옷도 입고 '오늘의 내 기분은 이 색이야.' 생각하기

구근식물인 꽃 또는 수경재배 가능한 식물을 수경재배로 50cm 거리에

두기

"나는 유감스럽게도 쉽고 편안하게 사는 법을 알지 못했다. 그러나 단 한 가지만은 마음대로 할 수 있었다. 그건 아름답게 사는 것이었다."

– 헤르만 헤세

▲

지친 날이면 꽃이 말을 걸어왔다

✿

작은 도움을 주고픈 마음

― 자연과 친구 되는 가드닝 육아

키즈 플라워 수업에서 자주 아이들과 나누는 책이 있다. 어른도 많이들 좋아하는 『리디아의 정원』이다. 미국 대공황 시기, 어려워진 가정 형편 때문에 리디아는 도시에 사는 외삼촌 댁에서 지내게 된다. 옥상에서 발견한 깨진 그릇에 꽃씨를 심는 리디아. 무뚝뚝한 삼촌을 웃게 하려고 비밀 장소를 꽃으로 가득 채운 리디아는 집에 보내는 편지에 이렇게 썼다.

'저는 엄마, 아빠, 할머니께서 저에게 가르쳐 주신 아름다움을 다 담아 내려고 노력했습니다.'

깨진 그릇에 씨앗을 심어 꽃이 자라나게 한다는 건, 잿빛 상황에 아름 다움을 담아 희망이 피어나게 한다는 게 아닐까. 우리가 아이에게 진정 알려 주어야 하는 것은 아름다움이 희망의 싹이 된다는 사실이다. 나는 인생의 또 다른 비밀을 아이들에게 말해 준다. 삼촌처럼 말수가 적은 사람도 너희를 사랑한다고. 삼촌이 만들어 준 꽃 케이크는 사랑한다는 표현이라고.

리디아처럼 자연과 친한 아이로 키우고 싶은 마음은 어느 부모나 갖고 있을 것이다. 하지만 매번 자연으로 나갈 수도 없고 아이가 관심이 없으면 쉽지 않다.

아이들이 무엇인가 좋아하게 될 때를 생각해 보자. 뽀로로, 타요, 콩순이, 자동차, 공룡 등. 대개 영상으로 접하고 책으로 빠져들고 장난감(실물)으로 친구가 된다. 그렇다면 식물도 비슷하게 접근할 수 있지 않을까? 게다가 만화 캐릭터는 어느 나이가 되면 졸업하지만, 식물은 평생 친구가 된다.

리디아를 아름다움과 가까워지게 한 어른들이 대공황과 멀어지게 할 수는 없었듯, 상황은 통제할 수 없을 때가 많다. 결국 아이도 리디아처럼 홀로 우리 곁을 떠나는 날이 올 것이다. 삭막한 환경과 사람 때문에 상처도 받겠지. 그럴 때 자꾸 변하는 사람 친구 외에도 식물 친구 하나 곁에 두고 살아갈 힘을 얻기를 소망한다. 가드닝 육아를 하는 이유다.

* 아이와 식물이 가까워지게 하는 방법 *

1) 영상이나 책으로 '키우기 쉬운 식물'을 검색해 보자. 이때 집의 조건을 넣으면 더 좋다. '햇볕 덜 드는 집에서 키우기 쉬운 식물', '고양이 키우는 집에서 키울 수 있는 식물' 등. 1가지만 정하기보다 3~5개 정도의 후보를 압축해 보자.

2) 후보로 정한 식물에 대한 정보를 더 찾아보자. 인터넷으로 가격부터 확인해 보는 게 좋다. 처음부터 비싼 식물을 들이면 부담이 크기 때문이다. 사실 식물 분야 인플루언서들의 설명을 보면 다 쉬워 보

인다. 궁금한 점과 우리 집에 맞을지는 식물 관련 네이버 카페, 유튜브, 블로그에 문의하면 댓글로 답을 얻을 수 있다.

3) 식물을 사는 단계이다. 직접 가서 보고 고르게 하는 것이 가장 좋지만, 여의찮을 때는 인터넷 쇼핑을 하더라도 몇 가지 고른 후 최종 선택은 아이에게 맡기는 것이 좋다. 내가 고른 식물에는 애정이 가게 마련이다.

4) 집에서 적절한 환경을 만들어 준다.

5) 이름을 지어 준다.

6) 이름과 정보로 팻말을 만들어 준다.

7) 달력에 물 주는 날짜를 표시하고 아이와 함께 자주 보면서 변하는 모습을 관찰한다.

* 처음 키우기 좋은 식물 *

수경재배 – 스킨답서스, 아이비, 개운죽, 히아신스, 몬스테라
다육이, 틸란드시아, 마리모

* 식물을 키우지 않고도 식물과 가까워지게 하는 방법 *

집 근처 지도를 출력하고 동네 탐험을 해 보자. 아이와 꽃, 열매가 열리는 나무, 마음에 드는 나무를 발견할 때마다 지도에 표시한다. 애정이 가는 몇 가지는 처음 본 날짜, 변화를 발견한 날짜(꽃이 지거나 핀 것, 잎이 나온 것, 단풍 든 것 등)도 적어 둔다. 다음 해에 다시 꽃을 피우고 잎을 틔우는 모습을 보여 주자.

* 독서 원예 선생님 추천! 꽃과 친해지는 책_유아 *

안단테, 『여기 꽃이 있어요』 (우주나무)

도고 나리사, 『벚꽃이 피면』 (길벗어린이)

국지승, 『아빠 셋 꽃다발 셋』 (책읽는곰)

정하섭, 『꽃섬』 (웅진주니어)

강경수, 『꽃을 선물할게』 (창비)

문명예, 『꽃점』 (책읽는곰)

정하섭, 『바가지꽃』 (웅진주니어)

김영경, 『작은 꽃』 (반달)

황상미, 『꽃들의 시간』 (향출판사)

안나 워커, 『메이의 정원』 (JEI재능교육)

양소이, 『꽃이 온다』 (향출판사)

문명예, 『구름꽃』 (JEI재능교육)

이태용, 『두근두근 꽃시장 나들이』 (웅진주니어)

미라 로베, 『사과나무』 (은나팔)

폴 플라이쉬만, 『웨슬리나라』 (비룡소)

로버트 배리, 『커다란 크리스마스트리가 있었는데』 (길벗어린이)

최숙희, 『네 기분은 어떤 색깔이니?』 (책읽는곰)

백유연, 『사탕 트리』 (웅진주니어)

백유연, 『벚꽃 팝콘』 (웅진주니어)

엘레오노라 가리가, 『라라의 산책』 (짠출판사)

미야니시 다쓰야, 『신기한 씨앗가게』 (미래아이)

조안나 게인즈, 『우리 가족은 정원사입니다』 (나는별)

아서 가이서트, 『거대한 씨앗』 (도미솔)

레나테 슈프, 『노란 꽃』 (한국몬테소리)

최향랑, 『숲속 재봉사의 꽃잎 드레스』 (창비)

* 독서 원예 선생님 추천! 꽃과 친해지는 책_초등 *

사라 스튜어트, 『리디아의 정원』 (시공주니어)

로렌스 안홀트, 『반 고흐와 해바라기 소년』 (웅진주니어)

로렌스 안홀트, 『모네의 정원에 온 손님』 (웅진주니어)

남연정, 『내가 좋아하는 꽃』 (호박꽃)

박상진, 『내가 좋아하는 나무』 (호박꽃)

이영득, 『내가 좋아하는 풀꽃』 (호박꽃)

김영경, 『색이 변하는 아이가 있었다』 (노란상상)

강경아, 『이끼야 도시도 구해 줘! 』 (와이즈만북스)

피레트 라우드, 『뿌리 깊은 나무들의 정원』 (봄볕)

유발 좀머, 『The Big Book: 꽃』 (보림)

마시 콜린, 『겨울 봄 여름 가을, 생명』 (웅진주니어)

션 루빈, 『바로 이 나무』 (보물창고)

설흔, 『따뜻하고 신비로운 역사 속 꽃 이야기』 (스콜라)

윤문영, 『풀꽃』 (계수나무)

리비아 로키, 『전설의 꽃 기사단』 (웅진주니어)

배익천, 『털머위꽃』 (봄봄출판사)

박희란, 『우리집 베란다에 방울토마토가 자라요』 (살림어린이)

옌 보이토비치, 『꽃이 피는 아이』 (느림보)

한기현, 『친구를 만나러 가는 길』 (글로연)

바버러 쿠니, 『미스 럼피우스』 (시공주니어)

에필로그

오래전 본, 제목도 생각나지 않는 영화의 한 장면이 지금도 생생합니다. 연애마다 실패한 젊은 여자가 상담을 받아요. 당분간 연애를 하지 말라는 처방이 내려지죠. 단, 식물을 잘 키워내기 전까지!

혹시나 시들까 봐 애지중지하던 식물이 어느 날 싱그럽게 핑크빛 꽃을 피워내요. 여자는 화분을 아기처럼 꼭 끌어안고 상담사에게 달려갑니다. 설레어서 볼이 꽃보다 붉어졌죠. 선명하던 주근깨가 가려질 만큼요. 숨이 차서 호흡은 들쑥날쑥하지만, 매사에 자신 없던 눈빛은 이제 흔들리지 않아요. 화분을 내밀며 크게 소리치죠.

"꽃이 피었어요! 저 이제 연애해도 되죠?"

꼭 연애할 수 있다는 기쁨만은 아니었을 거예요. 내가 생명을 키워냈다는 뿌듯함, 나만의 꽃을 마주한 설렘은 다른 것도 해내게 하겠지요. 그 순간 꽃 자체가 된 그녀의 모습이 눈부시게 반짝였기에 이토록 오래 기억이 시들지 않나 봐요.

혹시 요즘, 아니면 제 글을 읽고 꽃이 좀 더 좋아진 당신도 그녀만큼 기뻐했으면 좋겠어요. 당신이라는 나무에 아름다움이 접붙여져 싹을 틔웠으니까요. 말 없는 식물에게도 눈길을 줄 줄 알고 작은 것에서 행복을 찾는 행동은 쉽게 만들어지지 않는답니다. 모두가 기적 조각들이죠.

꽃이 좋아지면 나이가 든 거라고 살짝 부끄러워들 하죠. 맞기도 하고 틀리기도 하답니다. '곱게' 나이 든 것이니까요. 아름다움이 삶의 일부가 되기 시작했다는 증거죠! 아름다운 사랑을 할 만큼 성숙해졌다는 인생의 훈장이니 떳떳해도 돼요. 나이 먹는다고 다 철드는 게 아니듯, 흔하고 쉬운 일이 아니거든요. 아름다움을 싫어하는 사람이 어디 있겠냐마는, 굳어진 삶을 비집고 들어오는 건 틈을 내주어야 가능하답니다.

많은 사람이 꽃을 좋아한다고 말해요. 하지만 분주한 일상 속에 아직 꽃은 포토존과 사진 소품, 기분 좋은 선물 중의 하나죠. 눈에 담을 다른 아름다움들도 많고요. 길에서 보아도 다음에 찍자, 내년에 또 피겠지 싶지요. 생명을 가진 것, 변화하는 것만이 가진 아름다움은 삶의 명도가 낮아진 다음에 반짝입니다. 찰나의 소중함 역시 시간이 얼마나 빠른지 안 다음 커지고요.

세월은, 지금 내가 잠시 멈춰 서서 이 꽃 사진을 남기지 않으면 다시는 기회가 없을 수 있다는 상처 어린 지혜를 새겨요. 꽃이 졌을 수도 있고 내년에는 피지 않을 수도 있고 내가 여기 없을 수도 있죠. 그 약속을 미룬 것, 오늘은 바쁘니 내일 전화하자 했던 것, 꽃 하나 사 갈까 싶다가 시간이 늦어 그냥 간 것, 사랑한다는 말을 아껴둔 것이 모여 어린아이처럼 손을 잡아끕니다. 뒤돌아서게 해요.

꼭 꽃이 아니어도 좋아요. 마음 표현을 놓치지 않은 만큼 삶의 격이 높아진다고 저는 믿어요. 격이 뭐 거창한 건가요. 무엇이 진정으로 삶을 오롯하게 만드는지 아는 게 격이죠. 작고 소소한 행복에 시선과 시간을 내주는 만큼 삶의 밀도도 높아져요.

아름다운 생명은 손을 내밀어 삶을 일으켜요. 예전에 저는 어깨가 자주 뭉쳤어요. 한 번씩 목이 안 돌아가기도 했지요. 운동도 스트레칭도 마사지도 그때뿐. 신기하게도 꽃 일을 하고 나서 나았습니다. 한 번씩 뻐근해질 때, 다음 날이 꽃 많이 드는 날이면 내일 낫겠구나 싶어요. 어깨 뭉침은 스트레스 때문인데 꽃 일을 하면 풀려서 그렇다는, 비전문가 지인의 진단을 믿어요.

꽃이 많으면 일곱 살 남자아이만큼 무겁답니다. 숨을 훅 들이마시고 끙하고 기합을 넣어야 들 수 있지요. 제법 근력 있는 할머니 선생님이 되기 위해 거의 매일 운동을 합니다. 혹여 수업 못 하면 안 되니까 몸을 알뜰히 챙겨서 5년 동안은 아픈 적이 없었습니다. 몸에 기복이 없다 보니 마음도 덜 흔들리게 되더라고요.

물론 꽃 일이 녹록하진 않아요. 가방마다 마데카솔과 방수 반창고, 핸드크림이 들어 있습니다. 손에는 늘 상처가 3개 정도 있고요. 수업 전날 꽃을 사 오고 다듬어야 하니 이틀이 걸립니다.

수업에서 돌아오면 사용한 천과 앞치마들을 세탁해요. 꽤 무겁고 부피도 크지만 "이거 입으면 몸매 커버도 되고 다섯 살 어려 보여요!"라는 말에 소녀처럼 웃으실 때 귀엽거든요. 천을 깔아 두는 건, 꽃가위와 재료를 테이블에 놓을 때 둔탁한 소리 대신 부드럽게 닿는 느낌을 드리고 싶어서입니다. 직접 제작한 웜톤 아이보리 광목천의 따스함도 함께요.

꽃가위와 물통을 빡빡 닦고 재료와 도구들을 정리합니다. 다시 가져온 남은 꽃줄기들은 짧게 잘라서 체중을 실어 압축해도 늘 20L 봉투에 가득 차지요. 사진을 보정해서 보내고 계산서를 발행합니다.

꽃 일을 한다는 것은 이 모든 눈에 보이지 않는 시간을 거치는 것이랍니다. 눈에 보이는 작품, 수업의 순간은 1/10이 될까 말까 하지요. 전에는 제가 진짜 하고픈 10%를 위해 해야 하는 90%가 존재한다고 생각했습니다. 아니었어요. 90은 90만큼의 의미가 있어요! 90을 다르게 해내기에 10이 달라지거든요.

한 번 갈 꽃 시장 두 번 가고 새벽에 일어나 가장 좋고 싱싱한 꽃을 사는 것, 꼼꼼히 다듬고 도구를 깨끗이 관리하는 것, 아무도 쓰지 않을 재료를 찾아 눈이 침침해질 때까지 직구 하는 것, 이렇게 누가 알아보지도 물어보지도 않는 것들요. 무슨 일이든 내가 곱하는 가중치에 따라 달라집니다.

인생도, 온라인 세상도 마찬가지랍니다. 당신의 드러나지 않은 90은 소중합니다. 내가 의미 있게 여기면 10이 내 인생을 결정하지 않게 됩니다. 다른 사람의 90도 보이고요. 감추어진 90을 상상하면 그 사람의 줄기와 뿌리가 대견해집니다. 10을 칭찬하고 축하하는 사람은 많지만, 90

을 알아주는 사람은 드물기에 제가 그 사람이 되고 싶습니다. 열매를 뺀 나머지 이야기에 관심이 많은 이유지요.

좋아하는 일을 하라고들 합니다. 시간 가는 줄 모르고 몰입할 수 있는 잘하는 일 말입니다. 그러면 인생이 재미있어진다고요. 제 안에는 그보다 중요한 게 있더라고요. 일을 통해 마음을 나누고 세상을 조금 더 따스하게 만드는 것이요. 저처럼 의미를 먹고 사는 사람에게는 좋아하는 일을 다른 기준으로 찾아보라고 하고 싶습니다. 그러면 인생이 의미 있게 된다고요.

인생은 '앞을 보고 나아가 결국 꽃밭을 찾아내는 것'이 아니었어요. 그어떤 날도 발치에 꽃이 있으니까요. 그날만의 행복과 풍경을 놓치지 않으면 하루하루가 해피엔딩입니다. 예상과 성과는 무너져도 태도는 무너지지 않으니까요. 데리러 오는 사람이 늦는다면 오늘 밤은 벗나무 위에서 자겠다는, 절망의 아침에도 제라늄에 이름을 지어 주는 앤처럼요.

> "사람들이 나로 인해 더욱 기쁘게 살아갈 수 있도록 하고 싶어. 그리고 내가 살아 있지 않았다면 존재하지도 않았을 작은 기쁨이나 행복한 생각들을 간직하고 싶어."

빨간 머리 앤의 이 말은 제 삶의 목적입니다. 아니, 목적이라는 단어처럼 큼직하지도 않습니다. 그저 매일 밤 잠들 때마다 오늘 누군가를 미소 짓게 했을까 생각해 봅니다. 꽃이나 들여다볼 여유가 없는 세상에서 꽃으로 세상을 들여다보는 제게, 꽃이 마음을 나누게 해 주니까요.

내 존재로, 일로 누군가에게 의미를 주고 싶다는 소망 씨앗 하나 가슴에 품고 사는 사람들. 그대들에게 제가 꽃에게 받고 꽃으로 나눈 마음들을 나누고 싶었습니다. 꽃 한 송이, 한 줄기 의미 담아 고르듯 문장 하나하나 모아 엮었습니다. 말보다 아름다운 꽃다발을 건네듯 안겨 드립니다. 꽃향기 스며든 위로와 격려로 당신의 마음 정원이 싹을 틔운다면 기쁘겠습니다.

* Part 1부터 Part 6까지는 QR 코드를 통해 영상으로도 확인 가능합니다.

국민 꽃 교과서

한 끗이 다른 플로리스트,
한꽃차이입니다.

꽃 지식 셀프 진단	점수	

1) 다음 중 화병에 꽂아 둔 꽃을 오래 보는 데 도움이 되는 것은?

① 햇볕을 쬐어 준다   ③ 선선한 곳에 둔다

② 물을 뿌려 준다   ④ 에어컨 바람을 쐬어 준다

2) 꽃병에 넣기 좋은 물은?

① 정수기 물   ③ 락스를 한 방울 넣은 물

② 시원한 물   ④ 사이다를 탄 물

3) 꽃다발을 꽂는 방법 중 틀린 것은?

① 포장은 예쁘니까 그대로 둔다   ③ 줄기 끝부분을 잘라서 꽂는다

② 화병에 여유가 있게 꽂는다   ④ 물은 매일 갈아 준다

4) 꽃을 사는 바른 방법은?

① 꽃 냉장고를 갖춘 곳에서 산다   ③ 덜 핀 것을 사는 게 무조건 좋다

② 같은 종류이면 저렴한 게 좋다   ④ 줄기 끝부분이 갈색인 꽃은 상한 것이다

5) 꽃줄기를 자르는 방법에 대해 맞는 설명은?

① 모든 꽃줄기는 사선으로 자른다   ③ 깨끗한 가위로 잘라야 한다

② 꽂을 때 한 번만 자르면 충분하다 ④ 마디 부분을 자르는 것이 좋다

6) 다음 중 꽃값이 저렴한 시즌은?

① 어버이날   ③ 여름
② 졸업식   ④ 가을

7) 꽃바구니 보관법으로 맞는 것은?

① 비닐은 그대로 두어서 꽃을 보호한다   ③ 시든 꽃은 뽑는 게 좋다
② 스프레이로 물을 뿌려 준다   ④ 플로랄 폼은 물을 더 부어 주지 않아도 괜
                                    찮다

8) 다음 중 틀린 것은?

① 양귀비는 독성이 있다   ③ 같은 꽃도 시기에 따라 가격이 다르다
② 꽃에도 등급이 있다   ④ 꽃에도 제철이 있다

9) 다듬어지지 않은 꽃을 샀을 때 꽂는 방법으로 맞는 것은?

① 장미 가시는 그대로 둔다   ③ 줄기에 있는 초록 잎은 풍성하게 남겨 둔다
② 화병에 물은 많이 넣을수록 좋다   ④ 화병을 깨끗이 씻은 후에 꽂는다

10) 수국에 대한 설명으로 틀린 것은?

① 드라이 가능한 수국도 있다   ③ 스프레이로 물을 뿌리면 안 된다
② 꽃잎처럼 보이는 부분은 사실 꽃받침이다 ④ 물속에 담가 두면 싱싱해진다

11) 웨딩 꽃에 대한 설명으로 맞는 것은?

① 바람과 햇빛에 노출되는 야외 결혼식의 꽃이 실내 결혼식의 꽃보다 오래간다

② 웨딩 부케 디자인의 고려 사항은 신부의 취향, 웨딩드레스 2가지뿐이다

③ 신랑의 옷에 꽂는 부토니에의 기원은 프러포즈 승낙의 의미로 받은 꽃 일부분을 떼어 준 것이다

④ 양가 혼주의 코르사주로 난을 쓰는 것은 단지 고급스럽기 때문이다

12) 꽃말에 대한 설명으로 틀린 것은?

① 같은 꽃도 색마다 꽃말이 다를 수 있다

② 17세기 오스만 제국의 연인들이 꽃으로 의미를 주고받은 데서 시작되었다고 한다

③ 꽃말은 모두 긍정적인 의미이다

④ 갈대나 버섯에도 꽃말이 있다

13) 다음 중 자연건조로 원래의 컬러 그대로 드라이하기 어려운 꽃은?

① 튤립, 라넌큘러스
② 천일홍, 라벤더
③ 핀쿠션, 브러싱 브라이드
④ 시네신스, 스타치스

14) 리스에 대한 설명으로 틀린 것은?

① 동그란 모양이 영원을 상징한다
② 기원은 월계관에서 시작되었다
③ 만들면 바로 걸어서 건조해야 모양이 유지된다
④ 서양에서는 장례식에도 리스를 쓴다

15) 꽃을 오래 보는 방법으로 틀린 것은?

① 솜털이 있는 줄기는 박테리아가 생기기 쉬우므로 물을 자주 갈아 준다

② 가늘고 약한 줄기는 신문지로 싸서 물을 올려 준다

③ 줄기 끝부분을 뜨거운 물에 담그는 열탕 처리가 도움이 되기도 한다

④ 꽃의 줄기가 굵은 종류의 꽃이 튼튼한 꽃이다

16) 다음 중 보통 5송이가 한 단인 꽃은?

① 장미, 튤립

② 작약, 다알리아, 카라

③ 카네이션, 국화

④ 백합, 거베라

17) 다음 중 당신이 아는 꽃의 개수는?

거베라, 공작초, 과꽃, 국화, 글라디올러스, 금어초, 델피늄, 도라지, 디디스커스, 라넌큘러스, 라벤더, 라일락, 레이스플라워, 리시안서스, 마거릿, 마리골드, 맨드라미, 물망초, 범부채, 백일홍, 백합, 부바르디아, 불로초, 브러싱브라이드, 수국, 수선화, 스위트피, 스카비오사, 스타티스, 스토크, 시네신스, 아네모네, 아스틸베, 아이리스, 안개꽃, 안스리움, 알스트로메리아, 양귀비, 오니소갈룸, 옥시페탈룸, 왁스플라워, 용담초, 은방울꽃, 이베리스, 작약, 장미, 종이꽃, 천일홍, 촛불맨드라미, 카네이션, 카라, 칼란코에, 캄파눌라, 캥거루발톱, 코스모스, 쿠르쿠마, 크리스마스로즈, 클레마티스, 튤립, 팬지, 프리지어, 핀쿠션, 해바라기, 향등골, 히아신스

① 5개 이상 (4점)

② 9개 이상 (6점)

③ 13개 이상 (8점)

④ 17개 이상 (10점)

18) 다음 중 당신이 아는 소재의 개수는?

갈대, 구름비나무, 개나리, 더글러스, 조팝나무, 남천 나무, 동백나무, 라일락, 목련, 몬스테라, 미모사, 비단향, 산당화, 설유화, 레드베리, 레몬잎, 목화, 백묘국, 산딸나무, 스마일락스, 슈가바인, 스모크트리, 시스타펀, 아이비, 아스파라거스, 아이반호, 엽란, 오리나무, 용담초, 유칼립투스, 은엽아카시아, 조, 진달래, 편백나무, 페니쿰, 홍가시, 화살나무

① 2~3개 (4점)　　　　　　③ 6~7개 (8점)

② 4~5개 (6점)　　　　　　④ 8개 이상 (10점)

정답

1) ③	2) ②	3) ①	4) ①	5) ③	6) ③	7) ③	8) ①
9) ④	10) ③	11) ④	12) ③	13) ①	14) ③	15) ④	16) ②

각각의 항목은 5점입니다. 16번까지의 점수 합에 17, 18번 점수를 더해 주세요

71점 이상

꽃에 조예가 깊으시군요! 사랑하는 만큼 알게 되신 거겠지요? 정말 드문 점수입니다. 앞으로도 꽃을 많이 사랑해 주세요!

61~70점

상당히 많이 알고 계시는군요! 평소에 관심이 있으셨나 봐요.

51~60점

배우지도 않은 것을 절반 이상 알고 있는 당신! 대단합니다!

41~50점

절반 가까이나 알고 계시는군요! 조금만 더 꽃을 알게 되면 아는 만큼 보이고 보이는 만큼 더 사랑하게 될 거예요.

40점 이하

괜찮습니다! 우리는 배운 적이 없으니까요. 지금까지는 꽃을 순수하게 마음으로 좋아하셨군요! 알수록 더 좋아지는 마법을 함께 경험해 볼까요?

해설

1) 화병에 꽂은 꽃은 줄기가 잘린 꽃입니다. 줄기가 잘리는 순간부터 노화가 시작됩니다. 햇빛은 노화를 촉진합니다. 꽃잎에 직접 물을 뿌리면 꽃잎이 상하게 됩니다. 잘린 상태에서는 꽃마다 다르지만 5~15도의 온도를 유지하면 오래갑니다. 에어컨 바람, 히터 바람은 꽃을 건조하게 만들어 빨리 시들게 합니다.

2) 꽃병에는 시원한 온도의 수돗물을 사용하면 충분합니다. (플로리스트들의 관리법은 미지근한 물로 물을 빠르게 올리고 여러 처리법이 있지만, 전문가가 아니라면 일반적으로 이 정도만 알아도 충분히 꽃을 더 오래 볼 수 있습니다.) 락스를 넣은 물을 실내에 두는 것은 꽃뿐 아니라 사람에게도 좋지 않겠지요? 사이다나 설탕을 넣으면 박테리아가 더 잘 생깁니다.

3) 꽃다발의 포장을 그대로 두면 꽃이 숨을 쉬기 어렵습니다. 꽃 입장에서는 예쁘니까 딱 붙는 정장을 입고 자라고 하는 것이나 마찬가지이죠. 화병에 여유가 있게 꽂는 것도 같은 이유입니다. 줄기 끝부분은 물로 감싸져 있지 않다면 단면이 수분을 빼앗긴 상태이기 때문에 한 번 잘라서 꽂아야 물을 빨아올리기 좋습니다. 물 처리 되어 있는 경우도 줄기 끝부분은 무르기 쉬우므로 한 번 잘라서 꽂는 것이 좋습니다. 물을 매일 갈아 주면서 줄기 끝부분도 하루 한 번 잘라 주면 훨씬 오래 볼 수 있습니다.

4) 5~15도를 유지하는 것은 줄기가 잘린 꽃의 수명에 무척 중요합니다. 바깥 날씨가 특히 덥거나 추울 때 꽃 냉장고가 없는 곳에서 꽃을 사면 꽃이 오래가지 않습니다. 꽃을 사러 갔을 때 좀 더 저렴하다면 보통은 득템이 아니라 이유가 있습니다. 좀 더 오래되었거나 덜 튼튼하거나 등급이 낮거나 등 다양합니다. 덜 핀 것을 사도 피는 꽃이 있고, 덜 핀 것을 사면 안 피거나 전문가가 아니면 피게 하기 어려운 꽃이 있습니다. 줄기 끝부분만 갈색이면 열탕 처리(뜨거운 물에 잠깐 넣었다가 빼서 줄기가 물을 빨아올리기 쉬운 상태가 되도록 하는 것) 한 꽃입니다.

5) 대부분의 꽃줄기는 사선으로 자르지만 튤립, 카라 등 직각으로 잘라야 하는 꽃들도 있습니다. 화병의 물을 매일 갈아주면서 줄기도 조금씩 잘라 주면 줄기 끝이 무르지 않고 오래 볼 수 있습니다. 깨끗한 가위로 잘라야 박테리아가 덜 생기겠지요? 마디 부분은 다른 부분보다 치밀해서 물을 빨아올리기 어렵습니다. 줄기에 마디가 있는 꽃은 마디를 피해서 잘라 주는 게 좋습니다.

6) 꽃의 가격은 수요와 공급에 따라 달라집니다. 수요가 많은 어버이날, 졸업식 시즌은 꽃값이 비싸집니다. 꽃 선물할 일과 결혼식이 적은 여름은 꽃값이 가장 저렴합니다. 대신 꽃 종류가 많지 않고 꽃이 오래가지 않습니다.

7) 꽃바구니가 비닐에 싸여 있다면, 실내에서는 비닐을 빼 주어야 통풍이 되어서 오래 볼 수 있습니다. 물을 꽃잎에 뿌려 주는 것은 수국에만 도움이 됩니다. 꽃바구니를 둔 곳의 습도와 꽃바구니의 크기에 따라 다르지만, 일반적으로 이틀에 종이컵 한 컵 정도의 물을 꽃에는 닿지 않고

플로랄 폼에만 닿게 부어 주세요. 시든 꽃에서는 에틸렌 가스가 나와서 다른 꽃까지 시들게 하므로 아까워도 뽑아 주는 것이 좋습니다.

8) 독성이 있는 양귀비는 무척 드물고 법적으로 키울 수 없으며 당연히 꽃 시장에도 없습니다. 같은 꽃에도 등급이 있어서 더 튼튼하고 얼굴이 크고 좋은 꽃은 비쌉니다. 꽃의 가격을 결정하는 요인은 많지만, 수요가 많아지면 가격이 비싸집니다. 겨울에는 레드 계열의 꽃이 비싸지고 결혼식이 많은 시즌, 졸업식이 많은 시즌에 따라 많이 쓰이는 꽃들이 비싸지고요. 딸기가 처음 나올 때 맛있고 비싸다가 점점 맛이 연해지고 가격이 내려가듯, 꽃도 처음 나올 때 대개 싱싱하고 끝물이 되면 가격은 내려가지만 덜 싱싱합니다.

9) 다듬어지지 않은 꽃을 사면 잎은 0~2개를 제외하고는 제거해 주어야 오래 볼 수 있습니다. 한 줄기에서 빨아올린 물을 꽃과 잎이 나누어 가지기 때문입니다. 특히 물속에 잠기는 부분에 잎이나 가시가 있으면 물이 상하게 됩니다. 장미 가시 역시 가위로 잘라 줘야 합니다. 화병을 깨끗하게 관리해야 물에 박테리아가 생기지 않습니다.

10) 수국은 스프레이로 물을 뿌려 주면 무척 오래갑니다. 거꾸로 뒤집어서 물에 전체를 담가 두면 싱싱해집니다. 화이트 또는 파스텔 톤 수국을 제외하고는 드라이가 됩니다.

11) 꽃잎은 바람과 햇빛에 노출되면 빠르게 시듭니다. 야외 결혼식은 여분의 꽃을 준비했다가 시든 꽃을 자주 교체해 주어야 합니다. 웨딩 부케 디자인은 신부의 취향, 웨딩드레스뿐 아니라 계절, 신부의 키와 체형과 메이크업, 예식장의 분위기와 꽃장식 등에 따라 달라집니다. 양가 혼주의 코

르사주로 난을 쓰는 이유는 고급스럽고 한복과 잘 어울리고 사진이 잘 나오기도 하지만, 무엇보다 물이 없이도 오래 싱싱하기 때문입니다.

12) 꽃말 중에도 질투, 냉담, 무관심, 배신, 절망, 슬픔, 이별, 사랑의 종료처럼 부정적인 의미를 담은 것도 있답니다.

13) 자연 건조로 원래 컬러 그대로 유지되는 꽃은 많지 않습니다. 튤립, 라넌큘러스 같은 꽃의 꽃잎은 자연 건조 드라이가 어렵습니다.

14) 리스를 만들면 바로 걸고 싶겠지만, 생화는 말리는 과정에서 중력에 의해 늘어질 수 있습니다. 일부러 늘어지는 내추럴한 느낌을 내려는 경우가 아니라면, 일주일 정도는 눕혀서 말린 후 걸면 동그란 모양이 더 잘 유지됩니다.

15) 줄기가 굵은 꽃이 더 튼튼하지는 않습니다. 사람도 체격과 체력이 비례하지 않듯이요. 해바라기의 줄기는 무척 굵지만, 솜털이 많아서 잘린 상태에서 오래가지 않습니다. 같은 종류의 꽃이면 줄기가 단단하고 굵고 긴 꽃이 튼튼합니다. 가격도 더 비싸고 오래갑니다.

16) 장미, 튤립, 거베라는 10송이가 한 단입니다. 카네이션은 20송이가 한 단이고요, 국화는 한 줄기에 여러 송이가 달린 경우 종류에 따라 8~15대 정도 됩니다. 백합은 외대(한 줄기에 한 송이), 쌍대(한 줄기에 두 송이)로 나뉩니다. 한 단에 8~10대입니다. 작약, 다알리아, 카라처럼 비싼 꽃은 5송이가 한 단입니다. 일반인들은 한 단이 몇 줄기인지 잘 모르기 때문에, 꽃 시장이 아닌 곳에서 꽃 시장보다 적은 수의 줄기를 한 단이라고 팔면서 꽃 시장보다 저렴하다고 하곤 합니다. 예를 들어, 꽃 시장에서 10송이(한 단)에 15,000원이면 5송이를 한 단이라며 9,000원

에 파는 식이지요. 그러니 한 단은 대부분 10송이이고 몇 가지만 5송이 라는 것을 알아 두세요.

▲

Intro

한 끗이 다른 플로리스트, 한꽃차이입니다. 그동안 많은 분에게 꽃이 주는 기쁨을 전했습니다. 그 과정에서 많이들 물어보시고 쉽게 활용할 수 있는 꽃 지식을 모아 봤답니다. 꽃을 전혀 모르는 분, 감각이 없는 분도 이 정도는 충분히 하실 수 있겠다 싶은 만큼으로 힐링 레슨을 만들어 보았습니다.

이 레슨은 전문 플로리스트가 되기 위한 과정이나 팔 상품을 만드는 과정은 아닙니다. 내가 정말 쉽게 실생활에서 쓸 수 있는 정도의 지식을 모았으니 쉽게 따라오실 수 있답니다. 그럼, 힐링의 시간으로 떠나 보실까요?

Intro부터 Part 6까지는 QR 코드를 통해 영상으로도 확인 가능합니다.

Part 1

꽃 고르기

예쁜 꽃을 고르는 것보다 중요한 건, 싱싱한 꽃을 고르는 것이겠지요? 플로리스트는 줄기를 보고 고른답니다. 상처가 없는 것, 잎이 싱싱한 것을 골라 주세요! 물론 꽃 시장에서 줄기를 확인하겠다고 이리저리 뽑아 보고 만져 보면 꽃이 상할 수 있어서 예의가 아니랍니다. 꽃을 건드리지 않으면서 보아 주세요.

일반인이 사는 꽃 vs 플로리스트가 사는 꽃

1) 채도 높은 꽃 vs 채도 낮은 꽃

채도 높은 꽃은 눈에 잘 띄지요. 기분도 밝아질 것 같고요. 그래도 조금만 참아 주세요! 다른 공간에 따로 꽂는다면 괜찮아요. 하지만 한 화병에 꽂는다면 초보는 쨍한 컬러는 되도록 하나만 선택해 주세요.

비치는 투명 시폰 커튼은 어디에나 어울리듯, 꽃잎이 투명한 꽃을 사보세요! 전체적인 느낌이 훨씬 부드럽고 여리여리해진답니다. 꽃에는 짙은 와인색, 초콜릿색, 라떼색처럼 짙거나 빈티지한 색도 있어요! 호텔 꽃

장식을 보면 이런 색을 종종 발견하게 되실 거예요. 이런 색이 있으면 훨씬 고급스러워 보인답니다.

* 채도가 낮거나 꽃잎이 투명해서 잘 어우러지는 꽃: 버터플라이 라넌큘러스, 델피늄, 브러싱 브라이드, 코스모스, 카네이션, 옥스포드, 알스트로메리아, 수국

2) 동글동글한 꽃 vs 뾰족한 꽃

보통 처음 꽃 시장에 가면 동글동글한 꽃만 보인답니다. 플로리스트들은 뾰족한 꽃을 사지요. 드물어서 더 비싸지만, 모던하고 세련된 느낌이 나거든요. 동글동글한 꽃만 있으면 자칫 답답해 보이기 쉬운데, 뾰족한 꽃은 꽃잎 사이사이로 다른 꽃이 보이기도 하고요. 동그란 꽃 옆에 뾰족한 꽃이 있으면 서로 더 돋보이죠.

* 실패 없는 뾰족한 꽃: 클레마티스, 부바르디아, 베로니카, 아스틸베, 도라지, 수레국화, 네리네

네리네   아스틸베

3) 크기가 비슷비슷한 꽃 vs 확연히 다른 꽃

얼굴 크기가 확실하게 차이 나는 조합으로 골라 보세요. 큰 꽃은 더 커 보이고 작은 꽃은 귀엽고 소녀스러워 보인답니다. 작은 꽃을 뭘 골라야 할지 모르겠다면 하얀색이 진리! 어떤 큰 꽃에든 어울린답니다. 화병에 꽂을 때는 얼굴과 존재감이 큰 꽃은 아래쪽에, 얼굴이 작고 가녀린 꽃들은 위쪽에 배치하는 게 안정감이 있어요.

* 무조건 어울리는 작고 하얀 꽃: 왁스플라워, 아미초, 마거릿, 마트리카리아, 이베리스, 시네신스, 조팝나무, 설유화

조팝나무   마거릿, 마트리카리아

4) 직선이거나 **굵은 줄기** vs **구불구불하고 가는 줄기**

처음에는 꽃 얼굴만 보고 고를 거예요. 장미, 국화처럼 익숙하고 줄기 굵은 아이들만 데려올 수 있고요. 사진을 찍으면 굵은 줄기는 꽃보다 눈에 띄어요. 이제 줄기를 보고 골라 보세요.

가느다랗거나 구불구불한 줄기는 리듬감, 소녀스러움, 하늘하늘함을 추가해 주고 굵은 줄기를 가려 준답니다. 직선으로 뻗은 줄기는 화병의 중앙으로 모이기 쉬운데, 옆으로 뻗은 꽃이 있으면 풍성해져요. 아래로 늘어진 줄기가 있으면 다채롭고 자연스러워지면서 화병과 연결감이 생기고요.

대신 대부분 굵은 줄기보다는 오래 안 가서 컨디셔닝을 잘해 주고 물을 자주 갈아 줘야 해요. 부케에 쓰이는 아이들도 많으니 좀 더 비싸기도 하고요. 하지만 한 종류만 툭 꽂아도 줄기가 눈에 안 띄니 내 솜씨가 덜

인답니다. 이 매력에 빠지면 벗어나기 어려워요!

크리스마스로즈   스위트피가 들어간 화병 꽃이

* 플로리스트가 꼭 사는 꽃: 스위트피, 크리스마스로즈, 캄파눌라, 샌
더소니아, 양귀비, 유채꽃, 옐로우라일락, 클레마티스

5) 꽃으로만 vs 그린 소재나 열매, 나무

꽃 시장에는 꽃만 파는 게 아니랍니다. 그린 소재, 열매류, 나무도 팔
아요. 이런 소재는 대부분 꽃보다 오래가고 꽃보다 저렴한 것도 많지요.
훨씬 내추럴하고 풍성한 느낌을 더해 주고요. 그린 소재만 파는 곳에 가
서 내 꽃과 어울리는 소재를 골라 보세요. 추천받을 수도 있겠지요. 내
꽃이 옐로우나 오렌지이거나 봄 느낌을 낸다면 연두색 소재, 파스텔이라
면 옅은 그린, 레드라면 짙은 그린이나 회녹색으로 조합해 보세요.

여름과 겨울은 꽃이 오래가기 어려우니 특히 그린 소재와 나무를 들여보세요! 핫한 카페에 가면 기다란 나무가 두꺼운 유리병에 꽂혀 있는 이유를 아시나요? 나무는 꽃보다 훨씬 길어서 눈높이에 보이고 존재감 있는 데다 내추럴하고 오래가기 때문이랍니다. 거의 실패가 없죠. 가을에는 갈대류, 가을 겨울에는 짙거나 늘어지는 느낌의 열매류를 추천해요.

이렇게 꽃은 각자 매력이 다르답니다. 서로 느낌이 다른 꽃이 함께 있을 때 더 빛이 나요. 우리 가족도 그렇지 않을까요? 나는 다알리아인데 윗자리가 부럽고, 나는 마트리카리아인데 존재감이 부럽지는 않나요? 내가 꽂혔을 때 가장 예쁜 조합과 자리가 있답니다.

꽃 이름과 정보를 확인하실 수 있습니다.

Part 2
꽃 다듬고 오래 보기, 화병에 꽂기

꽃을 사 오거나 받았다면 무엇을 먼저 해야 할까요?

선선한 곳으로 가져와서 통풍되게 풀어 주는 것부터 해 주세요. 알아요. 꽃다발은 포장이 아까운 마음. 하지만 우리가 집에 돌아오면 편한 옷으로 갈아입는 것처럼 꽃도 숨을 쉴 수 있게 해 주세요. 포장지는 벗겨 주고, 묶인 부분도 완전히 풀기 아깝다면 살짝 느슨하게라도 풀어 주세요.

꽃을 다듬기 전에 먼저 깨끗한 화병을 준비해 주세요. 화병이 깨끗하지 않으면 아무리 물을 매일 갈아 줘도 물이 깨끗하기 어렵겠지요. 좋은 화장품을 깨끗한 손으로 써도 퍼프나 브러시를 씻지 않으면 트러블이 나듯이요.

화병 씻는 방법을 알려 드릴게요. 우선 따뜻한 물로 안에 붙어 있는 찌꺼기를 불려 주세요. 입구에 손이 들어가지 않는 화병은 병 세척용 솔을 이용하거나 젓가락 끝에 키친타월을 말아서 닦아 주면 된답니다.

화병에 깨끗한 물을 받아 주세요. 시원한 수돗물이면 돼요. 물의 양은 줄기가 단단하면 많이 담아 주세요. 솜털이 있고 약한 줄기는 많지 않게 담아서 자주 갈아 주시고요. 가위 역시 깨끗이 닦거나 끓는 물에 소독해 주세요.

이제 꽃을 다듬을게요. 잎을 제거하는 이유는 첫째, 물 안에 잎과 가시가 들어가면 물이 상하기 때문이에요. 둘째, 한 줄기에서 빨아올린 물을 잎과 꽃이 나눠 가지기 때문에 잎이 많으면 꽃이 물을 충분히 머금기 어려워요. 셋째, 화병 안에 잎이 많으면 통풍이 제대로 되지 않아요.

잎은 깨끗한 가위로 제거하는 게 좋아요. 손으로 잎을 제거해도 줄기가 벗겨지지 않는 경우는 손으로 뜯어 줘도 돼요. 카네이션이나 튤립처럼 잎이 바짝 붙어 있어서 가위로 자르다가 줄기가 긁힐 수 있는 경우에도요. 이때 잎을 잡고 세로로 뜯으면 줄기의 표면까지 함께 벗겨져서 상처가 나기 쉬워요. 잎은 꼭 가로로 깔끔하게 뜯어 주세요! 화병 안에 담기는 부분은 잎이 없게 해 주세요. 남겨두는 잎의 개수는 보통 0~3개 정도 남겨 두시면 된답니다. 개수는 취향이나 꽃의 종류, 잎의 상태에 따라 달라질 수 있어요.

줄기는 깨끗한 가위로 사선으로 잘라 주세요. 직각으로 자르면 잘린 단면이 원이 되지만, 사선으로 자르면 긴 타원이 되어서 물을 빨아올릴 수 있는 면적이 훨씬 넓어지기 때문이에요. 카라, 튤립처럼 파 같은 재질을 가진 줄기는 직각으로 잘라 주세요. 물을 잘 빨아올리기도 하고, 사선으로 자르면 양파처럼 겹겹이 벗겨지거든요. 아마릴리스처럼 줄기 끝이 자꾸 뒤집히는 꽃은 스카치테이프로 줄기 끝을 감아 두세요.

마디가 있는 꽃은 마디를 피해서 잘라 주세요. 마디 조직은 더 촘촘해서 물을 빨아올리기가 어렵답니다. 나뭇가지 역시 단단하니 최대한 뾰족하게 사선으로 자른 후, 줄기를 반으로 잘라 주세요.

이제 화병에 넣고, 물은 매일 갈아 주세요. 물을 갈아 줄 때마다 줄기 끝을 1~2mm 잘라 주시면 훨씬 오래 볼 수 있답니다. 물과 맞닿는 곳은 물러지거든요. 여기까지만 알고 적용해도 꽃을 훨씬 오래 볼 수 있지만, 조금 더 팁을 드릴게요. 플로리스트들이 쓰는 방법들 중 4가지예요.

먼저, 물속 자르기예요. 공기 중에서는 줄기를 자르는 순간 단면에 줄기가 들어갈 수 있답니다. 줄기를 물속에서 자르면 줄기에 공기가 들어가지 않아서 꽃이 물을 더 잘 빨아올리게 된답니다.

꽃을 사 오면 줄기 끝이 갈색인 것이 있는데요, 열탕 처리했기 때문이랍니다. 열탕 처리란, 줄기 끝부분만 뜨거운 물에 10초 정도 담갔다가 빼는 것을 말해요. 이때 꽃 얼굴에는 뜨거운 증기가 닿지 않도록 신문지로 감싸 주세요. 줄기가 무르거나 물을 잘 빨아올리지 못하는 꽃은 열탕 처리해 주면 좋아요. 줄기의 조직이 연해져서 물을 빨아올리기 쉬워지거든요.

물을 빠르게 흡수하게 할 때는 미지근한 물에 담갔다가 시원한 물로 옮기기도 해요. 운반하면서 더위나 추위에 시들해졌거나 빨리 피어나게 하는 경우 특히 유용해요.

마지막으로 절화보존제예요. 락스나 설탕을 넣어도 되는지 많이 물어보시는데요, 락스는 비율을 맞추기도 어렵고 사람이 생활하는 공간에서는 추천하지 않아요. 설탕 역시 박테리아의 먹이가 될 수 있답니다. 절화보존제는 박테리아를 억제하고 영양분을 공급하는 2가지 작용을 모두 해요. 온라인에서도 쉽게 구매할 수 있고요. 보통 500mL 또는 1L에 한 포를 넣으면 된답니다. 화병에 들어가는 물의 양이 더 적으니, 생수병을 이용해서 비율을 맞춰 주세요(500mL 생수병에 한 포 또는 2L 생수병 절반에 한 포). 하지만 가장 중요한 건 깨끗한 화병에 물을 매일 갈아 주는 것이랍니다!

꽃을 오래 보려면 햇빛, 더위, 에어컨 바람, 히터 바람, 추위, 더위, 지나친 건조나 습기 모두 피해 주세요. 잘린 꽃은 잘린 채소와 마찬가지로 5~15도의 온도에서 싱싱해요. 꽃 냉장고가 괜히 있는 게 아니랍니다.

싱싱한 과일도 상한 과일과 맞닿아 있으면 상하듯, 꽃도 노화가 진행되면서 나오는 에틸렌이 있어요. 꽃마다 수명이 달라서 먼저 시드는 꽃이 있어요. 시든 꽃은 아깝더라도 뽑아 주셔야 다른 꽃들이 싱싱할 수 있어요.

꽃바구니는 물을 플로랄 폼에만 닿게 이틀에 한 번, 종이컵 반 컵 정도 부어 주세요(꽃바구니 크기에 따라 다를 수 있어요). 꽃잎에 물을 뿌리면 꽃잎이 습지게 되니 꽃잎에는 물이 닿지 않게요.

Part 3
화병 활용하고 데코 하기

3-1 | 화병 200% 활용하는 방법 4가지와 추천 화병

화병이 커서 활용하기 어려운 경우는 2가지죠. 화병 입구가 너무 넓거나, 화병 높이가 너무 높거나. 입구가 넓은 경우는 스카치테이프를 바둑판 모양으로 붙여 주세요. 꽃의 양이 많다면 스카치테이프를 맞붙여서 공간을 확보해 주세요. 이 방법을 활용하면 아무리 입구가 넓은 화병도 1송이 화병으로 쓸 수 있답니다.

화병 높이가 꽃줄기 길이에 비해 높다면, 빳빳한 비닐을 구겨서 넣어 주세요. 그 후 물을 붓고 꽃을 꽂으면 줄기가 짧을 때도 꽂을 수 있어요. 더 시원스럽고 풍성하게 보이기 위해 호텔에서 데코 하는 방법이기도 하답니다.

한 송이만 꽂아도 좋은 꽃들은 수국과 작약이나 다알리아처럼 얼굴이 큰 꽃이에요. 머리가 무거운 꽃은 무게감이 있는 화병에 꽂아야 넘어지지 않는답니다. 튤립은 튤립 한 종류만 꽂아도 줄기의 곡선 때문에 자연스러워요. 수선화 카라처럼 줄기가 매끈한 꽃도 한 종류만 꽂아도 깨끗한 느낌이 나요. 줄기가 가늘고 구불구불한 종류 역시 한 종류만 툭 꽂아도 예쁘지요. 마트리카리아처럼 들꽃 느낌이 나는 아이들도 마찬가지고요.

같은 화병도 리본을 묶으면 달라 보여요. 꽃 느낌이나 컬러와 어울리는 리본으로 센스를 더해 보세요! 내추럴한 들꽃 느낌에는 광목이나 레이스, 화려한 꽃에는 면적이 넓은 오건디 리본 추천해요. 짙은 컬러의 꽃을 꽂은 화병에는 짙은 세무 리본을 한 줄 또는 두 줄 묶어 줘도 좋아요.

화병을 살 때는 오목하게 들어간 부분이 있는 화병을 추천해요. 꽃을 꽂기도 리본을 매기도 쉽답니다. 초보가 유리 화병을 산다면, 그대로 비쳐 보이는 화병보다는 음각 무늬나 세로선이 있어서 줄기가 가려지는 화병을 추천해요. 큰 화병과 작은 화병을 세트로 사면 꽂기도 쉽고 감각 있어 보이지요.

마지막으로, 침봉을 활용할 수 있어요. 3~5송이만 꽂고, 얼굴이 무거운 꽃은 줄기가 짧게 꽂아 주세요. 위에서 보았을 때 다양한 각도로 퍼져 보이게 하면 훨씬 시원스러워져요.

3-2 | 집에 있던, 화병이 아닌 것으로 홈 데코 하기

집에 있는 유리와 도자기 중 대부분은 화병이 될 수 있답니다. 병 음료, 파스타 소스 병, 잼병, 컵, 접시 모두 활용할 수 있어요.

컵이나 잼병처럼 입구가 넓고 높이가 낮은 것은 얼굴이 큰 꽃에 활용할 수 있어요. 줄기를 컵 길이에 맞춰 잘라서 꽂아 주면 돼요. 입구가 좁은 음료수병은 줄기가 가는 꽃에 어울려요. 병 길이의 1~1.5배 길이가 병 입구 위로 올라오게 잘라 주세요.

뚜껑이 있는 일회용 플라스틱 컵은 뚜껑 중앙 부분을 동그랗게 잘라서 컵에 끼워 주세요. 무겁지 않은 꽃이어야 하겠지요? 이때 자른 단면이

날카로워서 손을 다치거나 줄기에 상처가 날 수 있으니, 스카치테이프로 한 번 감싸고 사용해 주세요.

 접시나 그릇에는 물을 담고 꽃을 띄워둘 수 있어요. 특히 수국은 물속에 넣어도 되는 꽃이라 조금씩 잘라서 물에 넣어 두기 좋아요. 옆에서 보았을 때 납작한 모양인 거베라, 버터플라이 라넌큘러스는 띄웠을 때 예뻐요. 포장용 에어캡을 꽃 크기보다 작게 자른 후 중앙에 십자 모양을 내주고, 꽃의 줄기를 끼워서 띄워 주면 꽃잎이 물에 안 닿을 수 있답니다. 장미 꽃잎을 띄워 주어도 예뻐요. 장미 꽃잎은 테이블 위에 뿌려 주어도 센스있는 데코가 돼요.

넓은 잎 역시 가성비 좋은 아이템이에요! 컵이나 접시, 스푼 포크를 올려 두시면 휴양지 느낌을 연출할 수 있어요! 꽃의 줄기를 가리고 싶은 유리그릇이 있으면, 접어서 말아 넣으면 가릴 수 있어요.

Part 4
꽃 선물하기

4-1 | 한 송이 꽃다발 & 세 송이 꽃다발 만들기

한 송이 꽃다발은 얼굴이 큰 작약, 거베라, 수국, 장미, 튤립 등을 추천합니다. 먼저 깨끗이 다듬어 주세요. 보조가 되는 소재를 추가하거나 세 송이로 만들 때는 스카치테이프로 줄기를 서로 붙여 주세요. 줄기 길이를 가장 짧은 줄기에 맞춰서 잘라 주시고요. 포장법은 영상을 참고해 주세요!

4-2 | 장미꽃다발 만들기

처음에는 미니 장미로 만드는 게 쉬워요. 미니 장미는 스프레이(spray) 장미라고도 하는데, 한 줄기에서 여러 줄기로 갈라져 피어 있어요. 꽃다발을 만들었을 때 꽃 사이사이에 자연스럽게 공간이 생기지요. 반면 한 줄기에 한 송이가 있는 장미는 초보가 만들면 줄기 사이사이에 공간을 두는 게 어렵기 때문에, 꽃 얼굴이 모여서 서로 가려지거나 크기가 작아 질 수 있어요.

먼저 미니 장미의 가시를 가위로 모두 제거해 주세요. 잎은 조금만 남기고요. 메인 줄기에서 나온 줄기의 길이가 두 뼘 이상인 것은 바짝 잘라 내 주세요. 이렇게 긴 줄기가 있으면 꽃다발 윗부분(손으로 잡은 바인딩 포인트부터 꽃 얼굴까지)이 길어져서 초보가 만들기에 불편해질 수 있어요.

한 줄기를 잡고, 위쪽에 한 줄기씩 대각선으로 겹쳐 주세요. 아래에 있는 줄기를 기준으로 꽃 얼굴이 왼쪽, 줄기 끝은 오른쪽이 되게 해 주세요. 그러면 꽃 얼굴은 퍼지고, 줄기는 묶었을 때 부러지지 않아요. 그다음 줄기를 확인해 주세요. 옆에 있는 줄기끼리 X자로 어긋나 있으면 방향이 잘못된 것이랍니다. 그럴 때는 다른 줄기 방향과 맞춰 주세요.

이제 꽃다발이 자연스러워지게 꽃 얼굴에 높낮이를 만들게요. 줄기가 위로 올라온 것도 아래로 내려간 것도 있게 줄기를 위로 뽑아 올리거나 아래로 잡아당겨 주세요. 꽃 얼굴끼리의 높낮이 차이는 한 뼘이 넘지 않게 해 주세요.

이제 꽃다발을 묶어 볼게요. 세 뼘 길이의 노끈, 빵끈, 없다면 스카치테이프로 고정할 수 있겠지요. 내가 손으로 잡은 부분보다 살짝 아래를 묶으면 꽃 얼굴이 좀 더 퍼질 수 있어요. 한번 돌린 후 힘을 줘서 조이고 나머지 끈도 한 바퀴 돌릴 때마다 조인 후 묶어 주세요. 나머지 포장법은 영상 참고해 주세요!

Part 5
어버이날 꽃 선물 내 손으로 만들기

5-1 | 카네이션 코르사주

코르사주는 한번 선물하신 분은 매년 꾸준히 찾으시는 어버이날 선물이에요. 가성비도 좋지만, 가까이서 꽃을 달아 드리는 순간이 의미 있거든요. 사진도 자연스럽고 예쁘게 나오죠. 달고 다니시면서 자랑도 하시고, 자석이니 냉장고나 문에 붙여 두기도 하시고요.

카네이션을 한 뼘 정도 자르고, 보조로 사용할 소재를 배치해 주세요. 꽃받침 바로 아래에서 코르사주용 자석과 함께 스카치테이프로 감아 주세요. 이때 자석은 꽃 얼굴 뒤쪽에 있어야 꽃 얼굴이 잘 보여요. 위치는 꽃받침부터 시작해야 코르사주가 너무 길어지거나 꽃 얼굴이 부러지지 않는답니다.

그다음, 리본을 한 뼘 정도 잘라서 양면테이프를 붙여 주세요. 양면테이프를 떼면서 꽃받침 아래에서 시작해서 2~3cm 감아 주세요. 리본을 한 번 더 묶어 주면 완성입니다.

5-2 | 카네이션 센터피스

센터피스(Centerpiece)란, 원래는 테이블 중앙에 두는 메인 장식을 말해요. 플로랄 폼을 바구니가 아닌 화기(구멍이 없는 도자기, 플라스틱 등)에 넣어서 꽃을 꽂아 두는 것을 센터피스라고 부른답니다.

카네이션은 줄기가 튼튼해서 센터피스로 만들기 쉬워요. 바구니로 만드는 것보다 식탁 한가운데 두어도 예쁘고, 보관도 편하답니다.

먼저 플로랄 폼을 화기 크기에 맞춰 잘라 주세요. 물통에 플로랄 폼이 잠길 정도의 물을 담고, 플로랄 폼을 넣어 주세요. 이때 손으로 누르면 공기가 사이사이에 들어가게 되니 둥둥 띄워 두면 플로랄 폼이 물을 먹으면서 점점 가라앉는답니다. 충분히 물을 머금도록 5분 정도 기다려 주세요.

플로랄 폼은 화기보다 반구 모양으로 올라오게 세팅할 거예요. 높이를 높여야 한다면, 화기 안에 신문지나 opp를 구겨 넣어 주세요. 신문지를 넣었다면 신문지가 물을 흡수하지 않도록 꼭 비닐을 깔고 플로랄 폼을 넣어 주세요. 화기 위로 올라온 플로랄 폼이 반구 모양이 되도록 잘라 주세요.

가장 중앙부터 꽂은 후, 직각이 되게 90도 간격으로 4개를 꽂아 주세요. 카네이션끼리 이루는 삼각형 가운데에 다시 꽂아 주세요. 이때, 완성된 모양이 동그랗도록 옆에서 보면서 깊이를 맞춰 주세요. 보조를 이루는 작은 꽃들은 카네이션 바로 옆에 꽂아 주셔야 카네이션을 꽂을 공간이 남아요. 자세한 과정은 영상으로 확인해 주세요!

Part 6
사진 찍기

6-1 | 집에서도 실패하지 않는 꽃 사진

버릴 고정관념	찍는 법	쉬운 팁
중앙에 크게 나와야 한다	1/3 지점에 화면의 절반 이하만 나오게 하면 여유 있는 사진이 돼요	격자 만들기 배경은 아웃포커싱/인물모드
꽃이 모두 다 나와야 한다	부분만 나오면 감성 있어요	다른 소품과 함께 찍어 보세요
정면에서 찍어야 한다	위에서 찍으면 예뻐요	그림자가 진다면 의자 위에 올라가서 찍어 보세요

6-2 | 꽃다발 사진 찍는 법

구분	꽃다발 위치	몸의 각도	키포인트
앞모습	꽃이 얼굴 높이에 오게 들어 주면 덜 어색하고 다리도 길어 보여요 내 몸보다 살짝 앞에 오게 하면 꽃이 커 보이고 내 얼굴은 작아 보여요	45도 옆으로 서면 날씬해 보여요	꽃다발을 15~30도 정도 앞으로 기울이면 꽃 얼굴이 잘 보여요 (꽃 얼굴은 대부분 위를 향하니까요) 내 얼굴을 살짝 가려도 좋아요
옆모습	꽃이 얼굴보다 살짝 아래에 오게 해요	완전히 옆으로 서면 날씬해 보여요	시선이 꽃을 보면 자연스러워요 (위를 보면서 웃어도 턱 라인이 예뻐요)
뒷모습 1	꽃이 얼굴보다 살짝 아래에 들어 주세요	45도 옆으로 서면 날씬해 보여요	얼굴은 속눈썹까지 나오는 정도로 보이게 하고 꽃을 바라봐요
뒷모습 2	뒤로 돌아서 꽃을 어깨에 살짝 걸쳐 주세요	15도 정도 살짝 옆으로 서요	꽃이 풍성해 보여요 단체 샷에도 좋아요

Part 7

꽃 이름 15초 만에 찾는 법

지친 날이면 꽃이 말을 걸어왔다

1) 꽃 사진을 찍는다

2) 네이버 검색창을 띄우고 카메라 모양을 누른다

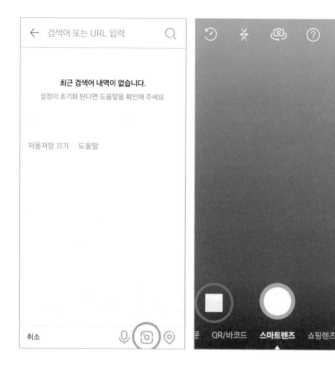

3) 내가 찍은 사진을 선택한다

※ 주의할 점: 가까이서 선명하게 찍은 사진일수록 이름이 일치할 확률
이 높아져요. 다 맞지 않을 수도 있으니 찾은 꽃 이름을 다시 검색해 보
세요. 꽃 이름을 외우기 좋은 어플로 '꽃길' 추천합니다. 무료이고 광고
가 없어요.

Part 8

목적과 상황에 따라 추천하는 꽃

8-1 | 목적에 따라 추천하는 꽃

1) 오래가는 꽃: 카네이션, 국화, 난, 백합(특히 겹 백합)

2) 드라이 되는 꽃: 핀쿠션, 버질리아, 브루니아, 천일홍, 골든볼, 라벤더

3) 향기가 진한 꽃: 백합, 작약, 히아신스, 스토크, 스위트피

4) 가성비 좋은 꽃: 국화, 알스트로메리아

5) 한 송이만 포장해도 예쁜 꽃: 튤립, 장미, 수국, 오니소갈룸

6) 사진이 잘 나오는 꽃: 작약, 글라디올러스, 다알리아, 거베라

7) 화분으로 줄 때 좋은 꽃: 크리스마스로즈(사랑이 찾아옴), 물망초(나를 잊지 말아요), 포인세티아(행복, 추억, 축하), 무스카리(말하지 않아도 통함), 화이트 히아신스(진실한 행복), 시클라멘(유대감)

8-2 | 9가지 상황별 추천 꽃 71가지와 꽃말

상황	이름	꽃말	꽃집에 있을 확률	계절	가격	오래 가는 정도
연인 에게	베로니카	당신께 내 마음을 바칩니다	중	여름 가을	중	상
	분홍장미	사랑의 맹세	상	사계절	중	상
	분홍수국	진실한 사랑	상	사계절	중	상
	빨간 튤립	사랑 고백	상	사계절	중	중
	주황 튤립	매력적인 사랑	상	사계절	중	중
	클레마티스	마음의 아름다움	중	겨울 봄	상	하
	작약	수줍음	상	봄 여름	상	하
	버플레움	첫 키스	하	여름	중	중
	시호	첫 키스	하	여름	상	중
	부바르디아	정열	중	여름	상	중
	아가판서스	사랑의 전달	하	여름	중	상
	아스틸베	사랑이 찾아옴	중	겨울 봄	상	중
	온시디움	아름다운 눈동자	하	사계절	상	중
	코스모스	순정, 애정	상	가을	중	하
	노란 카라	5송이: 당신만 한 여자는 없습니다	중	사계절	중	중
		꽃다발: 당신은 나의 행운		사계절		
	이베리스	달콤한 유혹, 마음을 사로잡다	중	겨울~ 여름	중	중
	보라색 튤립	영원한 사랑	상	사계절	중	중
	쿠르쿠마	인연, 당신의 자태에 도취되어요	중	여름 가을	상	상
	라넌큘러스	화사한 매력	상	봄	중	중
친구 에게	과꽃	동감, 아름다운 추억	중	여름	하	상
	마거릿	진실한 우정	상	사계절	상	하
	라일락	우정, 추억, 감동	하	여름 가을	중	중

지친 날이면 꽃이 말을 걸어왔다

	리시안서스	즐거운 대화, 희망	상	사계절	중~상	중
친구에게	미모사	우정	중	겨울	중	상
	스위트피	아름다운 추억, 나를 기억해 주세요, 섬세함	중	겨울 봄	상	중
	소국	진실, 고귀, 여성의 애정	상	사계절	하	상
	아게라툼	즐거운 나날, 신뢰	하	봄~가을	하	중
	옥시페탈룸	서로 믿는 마음	중	사계절	하	중
	왁스플라워	아직 깨닫지 못한 장점, 섬세함, 귀여움	상	사계절	중	상
	용담초	당신이 좋아요	중	여름 가을	하	상
	골든볼	마음의 문을 열다	중	사계절	하	상
	마트리카리아	한자리에 모인 기쁨	상	봄		상
	홍화	특별한 사람, 포용력	하	여름	중	하
결혼기념일	도라지	변함없는 사랑, 성실	중	여름 가을	중	상
	난	우아함, 기품, 미인	중	사계절	중	상
	범부채	정성 어린 사랑	중	여름	중	중
	분홍 튤립	사랑과 배려	상	사계절	중	중
	보라 튤립	영원한 사랑	상	사계절	중	중
	세이지	가정의 덕	중	가을	중	중
	스타티스	영구불변	중	사계절	하	상
	스토크	풍부한 사랑	상	사계절	하	상
	알리움	부부 원만	중	사계절	하	중
	천일홍	불변, 매혹	상	사계절	하	상
	초롱꽃	충실	중	봄	상	하
축하할 때	글로리오사	영광에 찬 세상	하	여름	상	중
	네리네	귀한 딸, 귀여움, 빛남	하	사계절	상	하
	글라디올러스	승리, 꾸준한 노력	하	사계절	상	중
	스위트피	새출발	중	겨울 봄	상	중
	알스트로메리아	도움, 미래에 대한 동경	상	사계절	하	상
	오니소갈룸	재능	하	사계절	중	중
	패랭이	재능	상	사계절	하	중
	핀쿠션	어디에서나 성공을	중	여름 가을	중	상
	산당화	열정, 선구자	하	겨울	중	중

집에 초대	프리지어	깨끗한 향기, 친애	상	봄	중	중
	설악초	환영, 축복	상	여름	하	상
	유채꽃	풍요로움, 재산	중	봄	중	하
	이브닝스타	평온함, 만사형통, 여유	하	가을	상	중
	호접난	행운이 찾아옴	하	사계절	중	상
교회 성당 행사	백합	순결, 순수	상	사계절	중	상
	해바라기	신앙	상	사계절	하	하
	불로초	강한 마음, 신념, 평온	상	사계절	하	상
	캄파놀라	감사, 성실	중	겨울~여름	상	하
	샌더소니아	축복, 기도, 복음	중	여름 가을	상	중
건강을 기원	맨드라미	건강	중	여름	하	상
	아이리스	좋은 소식	중	가을	하	하
	청미래덩굴	건강해짐, 불굴의 정신	하	여름	하	상
스승 에게	보라 수국	진심, 감사	상	사계절	중	상
	수레국화	신뢰, 교육, 섬세함	중	겨울 봄	상	하
위로 할 때	브러싱 브라이드	아련한 그리움	중	여름~겨울	상	상
	양귀비	인내, 위안	중	겨울 봄	중	상
	하이페리쿰	슬픔은 오래가지 않아요	중	사계절	중	상

지친 날이면 꽃이 말을 걸어왔다